杨天乐买房记

杨时旸——著

四川文艺出版社

0

天空的颜色分了层。灰黑、墨蓝和一条似有似无的白，从天顶垂到地面。没有风。间隔很久，树叶才微微抖动几下。小区里的路灯还没有完全亮起来，昏黄奄奄，暧昧又倦怠，有如那些归家者的脸。

当天空下端的白色渐渐变得浑浊，被墨蓝吞并，每一栋楼的窗子就溢出了光。窗子都变成了一块块微小的屏幕。厨房里有人做饭，烟火袅袅，孩子们在卧室的床上不停地蹦跳笑闹。

六楼的露台上，站着一个男人，穿着深色T恤和牛仔裤，靠在低矮的栏杆上远望。他身后的玻璃门透出客厅里暖黄的灯光。有一对年轻男女正在收拾东西，周围摆放着几个纸箱，过了一会儿，两人合力抱起一个箱子，向客厅深处走去，旋即隐没在黑暗里。客厅中只留下一位身材不高、打着领带的男人在和另一个女人说话。几分钟之后，露台上的男人转过身，客厅里的一男一女却都冲着他露出一副呆愣又悚然的表情。打着领带的男人快走几步，拉开了推拉门，露台上的男人凑上前，他们互相说了几句什么。房间里的两个人突然变得惊慌起来。露台上的男人像突然失却重心一样慢慢向后退去，直到倚住了露台的栏杆，栏杆并不结实，突然晃动了一下，他似乎被吓了一跳，双手本能地抬起来，拼命抓住栏杆，慢慢稳住，他垂下头，以这样的姿势一动不动地停留了半分钟，然后倚着栏杆慢慢蹲了下去……

树叶又抖动了一下。

天空的颜色终于混为一团深黑。远处，CBD 的灯火像突然惊醒一样，凝成一片璀璨的海。

1

　　杨天乐和钱潇坐在茶几前吃饭，麻辣烫、炸鸡排、铁板鱿鱼、可乐和啤酒，辛辣又油腻。他们占着嘴，懒得和对方说话。钱潇眼前斜靠着一个 iPad，播放着韩剧，扭怩的"欧巴"叫声和煽情的音乐不时交错地传出来，对面的电视机里播放着央视纪录频道从国外引进的动物纪录片《猎捕》。

　　杨天乐咬了一口炸鸡排，觉得有点烫，拿起凉啤酒灌了一口，表情痛苦地做吞咽动作，总算把那口没嚼烂的鸡排咽下了肚子。他扭头发现钱潇手里举着一次性筷子，眼神呆愣地盯着 iPad 屏幕。他把脑袋凑过去，看到一个面容粉嫩的小伙子，穿着白色高领毛衣和九分裤，躺在马路中央，嘴角渗出一点血，刘海一丝不乱，一个尖下巴的姑娘守在一旁，一脸不知所措的表情。然后，雪花就飘了下来。杨天乐不屑地撇撇嘴。

韩剧播完一集，钱潇有点怅然若失，把 iPad 扔到沙发上，扭头瞥了一眼电视，说："说多少次了，吃饭的时候能不能别看这个？这还怎么吃？"杨天乐抬头看看屏幕，两头狮子正在奋力撕扯一只小小的羚羊，先是四肢，然后是肚子，内脏被扯出来的时候，他吞下了最后一口滴着酱汁的铁板鱿鱼。钱潇换了台，新闻频道。主播一会儿义正词严一会儿循循善诱，努力让人们相信生活中美好的一面。

　　"七月份，各大中城市房价环比上涨百分之一点七，个别城市涨幅较大。"毫无情绪的声音传出来。接着是一组房展会的画面，记者笨拙又自卑地采访了一个又一个房地产公司的销售总监，对方趾高气扬地说："相比去年参加的时候，价格上涨了近百分之四十吧。"语气里极力克制着狂喜。

　　"看见了吗？这房价。涨得都没边儿了。"杨天乐嘟囔了一句。钱潇没搭茬，闷头在塑料碗里翻找不知道什么材质制作的鸭血豆腐。这话题有点沉重，和慵懒的周末中午不太相符。他们没想继续，但是新闻好像没想放过他们。

　　画面转到了上海一个区的民政大厅，每个人脸上都挂着焦虑、欣喜、微微的羞涩和无可奈何的微妙表情。主持人站在一群人前面，悲壮地说："这些前来办理离婚的人中，有很多都是所谓的'假离婚'，为了躲避限购政策，为买房贷款而来。"接着是几个戴着方框眼镜的专家向人们讲解假离婚的潜在风险，并且有专家建议修改政策，要求离婚之后半年内也不可具备购房资格。

"×。这专家太傻×了。懂不懂法啊。"杨天乐摇头晃脑地说。

"你懂！"钱潇嗔怪着回了一句，"早就说看房看房，你每天都想什么呢？评论别人头头是道的。"

"我也知道要早买啊，没钱啊。"

"凑啊。"

"哪儿凑去？"

钱潇瞥了他一眼，再懒得搭理。

在钱潇眼里，杨天乐有点像个孩子。并不是说他在生活上缺乏自理能力，也不是说他不愿意负起责任。怎么说呢？就是缺乏一点"世故"的能力。确实，一个人变得世故是一种能力，并不是每个人都能具备的。你很难说"世故"到底是褒义还是贬义，"世故值"向正面拨一点，就是成熟，向负面添一点就是势利，但应付现实生活，多少还需要一点这样的能力，不能过分也不能没有。而杨天乐的"世故值"很低。他总是下意识地想在生活之中区分出黑白，但现实往往是一片灰色，所以，有时候，杨天乐显得和成年人的世界格格不入。

刚刚在一起的时候，钱潇觉得杨天乐这样的行为和态度很可爱，后来，时间长了，渐渐觉得有点无奈，她开始试图修正杨天乐的一些行为。钱潇是那种刀子嘴豆腐心的女孩，平时在外人面前她显得很温和，在家人面前却很直率。钱潇对于杨天乐的修正方式，无非是不断地"打击"他。最初，杨天乐对于这样的状态很不适应，但渐渐地，他发现钱潇的"打击"并不是摧毁性的，而是建设性的，她说的每一句话都几近生活中的真理，只是听起来很刺耳。杨天乐就慢慢地让自己习惯，因为他觉得，这种修正很有必要，算是对自己的一种拉拽，以至于不会让自己偏离得太远。后来，杨天乐越来越能体察到，那些听起来有些尖锐的、小小的嘲讽，其实还有着一层亲昵的底色。

"说真的，不就是个房子吗？为了这个假离婚，真的挺伤尊严的。"杨天乐看着电视，一脸认真地说。

"八年搬六次家，不伤尊严是吗？房东一个电话，你就得搬家，不伤尊严是吗？人家假离婚伤尊严？人家那才是有尊严。"钱潇佯装生气，把一片生菜扔进汤里，桌子上溅得都是星星点点的红色的油。

"那婚姻是什么呢？承诺都不算数？都是扯淡？为了房子、贷款、任何事，都能随便结了离，离了结？"杨天乐说。

"政策就是这么定的，稳定的住所是必需品，又涨得这么快，为了这个离婚有什么不好意思的？所有人都不按规则来的时候，你自己抱着尊严守规则，最后你就是最可怜的那一个！知道吗？"钱潇说，"哎，你多大了？每天跟中学生一样是吧？"

"你不中二，天天看韩剧，还偷着哭。"

"你说什么？"钱潇的声调提高了八度。

杨天乐没说话。

实话讲，对于钱潇的奚落，杨天乐也没办法反驳，他只是本能地觉得这一切荒诞又绝望，人们倾尽家财购买一件那么昂贵的物品，还得以损伤尊严作为代价，他觉得心里有点接受不了。但其他人好像都若无其事，即便有人嘴上嘟囔着不满，做起来却毫无心理负担，甚至还有点欢天喜地。如今，他也越来越怀疑，是不是自己有问题，别人那样才叫成年人，自己确实太过幼稚？公司里一些熟识的同事，有时候也这样说他，说他不谙世事。这些朋友和同事其实都没有恶意，他们觉得杨天乐很坦诚，不会当人一面背后一面。但是，杨天乐自己知道，人们总是在说"孩子才分对错，成人只看利弊"，自己却忍不住要先把事情分个对错。按照这个标准去看，自己好像还真的是在成年人的门槛前踌躇不前。

现在供职的这家互联网公司是杨天乐毕业后的第二份工作，他在其中做品牌运营。这是个特别没有存在感的职位，一个花钱的部门，做活动做策划给自己公司树立形象，给新推出的各种产品做营销，听起来高大上，但实际上真到了残酷的当口都是可有可无，随时可以砍掉、缩减的部门。钱潇是他的大学同学，在另一家公司做行政，每天忙着琐碎的事务性工作，每到周日晚上就会因为第二天要上班了而焦虑不已，不过好歹比他的工作看起来正经不少。不知道是工作性质还是性格的原因，钱潇一直比杨天乐要现实。

有时候，杨天乐想，自己和钱潇到底是怎么走到一起的呢？表面上看他们差异那么大，爱吃的东西不一样，爱好不一样，连为人处世的态度好像也不太一样。钱潇对现实适应得很好，对于很多事没什么观点，多少有一点事不关己高高挂起的意思。但杨天乐不行，他对很多公共事务有天然的热情和兴趣。那些有关强拆、征地、百度和莆田系医院合作治死人之类的社会新闻，他每次都捧着手机刷个不停，还没完没了地和钱潇念叨，这个时候钱潇就对他翻翻白眼。后来，杨天乐也习惯了。他想，或许他们在一起真的是一种互补，互相牵制，以至于不会让两个人各自陷入一种极端，钻进牛角尖。

他们毕业八年，结婚三年，一直住在幸福里小区。这个小区坐落在东四环和东五环之间，是北京朝阳区最大的住宅区。这里的房龄基本上都接近二十年，有个别楼房甚至是二十世纪七十年代建造起来的。小区房龄老，但周边配套很好，饭馆、电影院、商场、超市、地铁，一应俱全。因为缺乏封闭式的物业管理，小区内部被改造出了各式各样的底商、便利店和小卖部，生活所需的一切，在步行五分钟范围之内几乎都可以得到完美解决。有时，两个人下班时间差不多的话，杨天乐和钱潇会约到地铁站见面，再一路溜达回家，路上随便这儿吃一点，那儿吃一点，到家时已经吃饱了。

小区的对面是北京市当年建造的第一个除外交公寓之外的涉外

小区，至今仍然保持着高冷的面目。门口的保安都高大威猛，戴着黑色的耳麦。和那个小区拒人千里的表情相比，幸福里家常又琐碎，满是真实生活的烟火气息。就是因为这样的烟火气和便利，多年以来，杨天乐和钱潇从未想过要离开这里，即便他们搬了六次家。

这里见证着他们所有的野心、梦想、希冀和失落，而他们两个能见证的似乎只有小区的房价——从最初的一万一平米，到如今的接近六万。中途也不是没想过要买房，到处看了看，觉得价格实在难以企及，也琢磨过房价涨成这个样子总要回落的吧。

几年前，杨天乐还关心北京的房价，看新闻听到有关房市的消息都要留意。每次听到环比涨幅下降多少多少，他就觉得希望在召唤自己，出门看看中介窗口的牌价却发现价格仍在蹭蹭上涨。后来他才明白新闻里说的"涨幅下降"到底是什么意思。就是说，房子虽然一直在涨价，但去年涨了百分之四十，今年只涨了百分之三十九。

后来，杨天乐渐渐地不再关心那些事，或者说，开始故意逃避那些事。他觉得在房价这件事情上，自己已经有些想不清楚了。想不清楚时还非要把一切都搞清，不是那个阶层里的人还非要往里挤，就显得很尴尬。他经历过的一件事，深深地教育了他。

有一次，他去大望路见客户，结束之后去地铁站时路过一个家具城。那时候他刚刚搬了一次家，家里差一个床头柜，他本想周末去宜家，但正巧路过家具城，就决定进去看看。一进门就看见了一张非常漂亮的实木双人床。他走过去左看右看了半天，抬头发现两个导购站在门口远远地看着他，一脸冷漠和审视。那天见客户谈得很不顺利，自己的方案被对方冷嘲热讽，本来一肚子气，现在又被家具城的导购怠慢，杨天乐就更是满心无名火。他招手把导购叫过来，问："你们这床下面可以做储物抽屉吗？"服务员看了他几秒钟，面无表情地说："先生，买我们这家具的人，家里都有专门的储藏室。"然后转过身走了，高跟鞋嗒——嗒——嗒响得节奏均匀。当时正是上班时间，卖场里空旷无人，高跟鞋和地面的敲击声，让杨天乐觉得如同震耳欲聋的嘲讽。他明白了有些事情真的高不可攀，装是装不来的。

"你又愣什么神啊？"钱潇扯了一下杨天乐的袖子，"有那工夫多想想怎么赚钱买房，比什么都强。人家专家再胡说，胡说一次赚一次的钱。你知道咱快交明年的房租了吗？"

"这么快啊？"杨天乐反应过来，往后倚在沙发上说。

"还有一个半月，咱得提前一个月给人家房租！还不知道涨多少呢。"钱潇抄起 iPad 踢踢踏踏地去了卧室，"想着给人家房东打电话哈。"

屋子里又传出煽情的音乐，有女孩在哭，在呼喊，好像她的欧巴死了，她也不想活了。杨天乐盯着茶几上的一次性筷子和半瓶可乐发呆。电视的新闻里重复播放着一起交通事故，一辆卡车把一个骑电动车的人撞倒之后，径直碾了过去。杨天乐心里想：这新闻不是比动物世界的猎杀还残忍吗？怎么你就能看着这个吃饭呢？

2

　　钱潇一直窝在床上看韩剧，杨天乐躲在客厅里对着电脑玩游戏，他指挥着一条喷火的龙摧毁着一座恢宏的城市。

　　手机响了。上面显示"房东梁姐"。

　　"我 × 我 × ！"杨天乐拿着电话跳到卧室门口，笑着说："准啊！刚说的房租，这是来催了吗？"

　　钱潇看了他一眼，又把眼神挪回屏幕，嘴角翘了翘。

　　"梁姐。"杨天乐接起电话。

　　"小杨儿啊，我老公最近联系你了吗？"

　　"啊？没……没有啊。"

　　"哦……他要是联系你，你就第一时间给我打个电话啊，一定啊。要是他找你要房租什么的，你千万别给他，你给我打电话就行。明白吗？"

杨天乐有点蒙："什么情况啊这是，梁姐？"

对方沉默了一会儿，叹了口气："有点不好意思和你说。真是的……我和我老公正在离婚，他现在不知道去哪儿了，把我女儿也抱走了。"

杨天乐想起来刚才看到的为了买房离婚的新闻，随口说了一句："是真离婚吧？"说完就有点后悔，假离婚哪儿有把孩子抱走的。

"那可不……你问这个是什么意思……"梁姐也蒙了，隐约有点哭腔，又故作镇定地强调了一遍，一旦有消息就给她打电话，之后匆匆挂了。

杨天乐拿着手机在客厅蔫头耷脑地坐了几分钟，觉得刚才发生的一切好像超出了自己的经验和预料。每一次接到房东电话，他都会事先运一口气，做足一切心理建设，但这一次的情况也有点过于旁逸斜出了。人家吵架、离婚、争孩子，他不知道怎么就莫名其妙地被卷入了一场夫妻争夺抚养权的战斗里。

"涨多少？"钱潇的声音从卧室里传出。她有点得意于自己的未卜先知。

"不是这事。她孩子被她老公抱走了，俩人闹离婚呢。"杨天乐走过去，倚在卧室门口懒洋洋地说。

钱潇沉默了几秒钟说："怎么咱还能赶上这狗血的桥段啊？"

"是啊。"杨天乐看着钱潇手里的 iPad 想：可能韩剧也不都是胡编乱造的。

窗外阳光灿烂，树叶被太阳照射得有如新生般嫩绿。孩子们的笑声时不时从楼下传来，间杂着卖水果的吆喝声。周六的下午是幸福里最悠然的时刻。杨天乐和钱潇原本可以享受这一点点廉价的慵懒，现在却被突如其来的一通电话搞得意兴阑珊。

他们同时叹了口气，气息异常一致，有点喜感，又有点压抑，谁都没说话。两个人脑子里想着同一件事：是不是又要搬家了。

搬家，无论经历多少次，也永远不会让人习惯和适应。这轻巧的两个字涵盖的其实是一种重大的生活变故：从一个熟悉的地方连根拔起，再栽种到一个陌生的地方，努力还魂。人的生活是由无比丰沛的细节组成的，搬家意味着把早已安之若素的所有细节粗暴地归纳。除非是游牧民族，不然没有谁愿意不停地迁徙。这个过程并不令人愉快。更糟糕的是，这一切还都是被逼迫的。

相较于找房子、收拾东西之类具体的劳累，被驱逐的感觉其实更令杨天乐难受，近乎屈辱。即便房东从未想过要高高在上，但他的角色让他具备了那种能力，用一句话就可以让你觉得自己的生活根本不值一提。这种感受复杂、细腻又隐秘，杨天乐从未和钱潇提及。或许是觉得尴尬，或许是不知道该如何表达。总之，每次搬家前，这种感受都会像牛胃里的食物一样自动反刍上来，杨天乐不得不一次次独自咀嚼，然后想办法努力咽下，等待再次被默默地消化掉。

其实他清楚，钱潇也应该有着同样的感受，只是在这件事情上，两个人都心照不宣地选择沉默。有些事，在能够被真正解决之前，说出来也没有任何作用，只能平添烦恼。因为不知道如何沟通，说着说着就会变成撒气。和自己撒气，和对方撒气，然后不可避免地导向争吵，而且是无意义的争吵，再激烈也无法推动任何东西。最终，还是得平静下来。之后日子照常，两个人还得互相找台阶，从一种敌对、气愤、极端的情绪中逐渐回魂，那个瞬间，一切显得虚无又荒诞。也是在那个瞬间，杨天乐会最深切地感到自己的无能。于是后来，他竭尽全力避免让那种感觉滋长。他觉得自己未必经受得住太多次那样的侵蚀——有如冰水渐渐漫过全身。

对于搬家这件事的态度，杨天乐和钱潇其实经历过一条奇妙的弧线。最初到北京的时候，他们根本没把搬家当回事，甚至觉得下班后一起收拾东西，在北京的夜晚拖着大包小包从一个住所搬去另一个住所，有种独特的乐趣。或者说，有一种象征意义，近乎外省青年必经的仪式，激发着他们的奋斗感和存在感。这种感觉在小城是完全体会不到的。

决定来北京之初，他们早就知道将要面临的生活是怎样的。从学哥学姐那里听到过，从电视网络里看到过。蚁族、鼠族、城中村、握手楼……客观地讲，他们过得比那些传说里的故事好得多，并没有那么极端。但对于那一切，他们也是做过心理准备的，像绝大多数奔赴北上广深的年轻人一样，他们自动对可能将要降临的苦难进行了美化。在某一个时间段内，颠沛流离和居无定所甚至会让他们萌生某种浪漫的诗意，但这诗意的产生和维系是有前提的，那便是：颠沛和漂泊只是暂时的，在不远的未来，他们可以得到稳定的生活，在闲暇的时光里，终能回望当年的苦难。换句话说，经历过的颠沛不过算是一种短暂的体验，会成为日后忆苦思甜的谈资。而一旦漂泊望不到尽头，那些柔和的光晕和浪漫的象征注定会消失殆尽。

有时候想想，生活就是个骨架，人们用希望对它进行了装点。希望破灭，就只能看到森森白骨。到那个时候，又有谁不会退缩呢？对于绝大多数普通人而言，长久陷入动荡和逼仄的生活不会产生什么正面的效果，相比于得到的磨炼，更多的其实是绝望。教科书上讲述的那些苦难的意义，在现实中像经不起任何查验的笑话。杨天乐人概在来到北京的第五年里洞悉了这一切。

那一年，经历第四次搬家的时候，钱潇崩溃过一次。当时，他们俩一起提着一个红白蓝三色交错的编织袋走上过街天桥，袋子质量很差，杨天乐走快了一步，钱潇没跟上，编织袋从拉链旁边撕开了一个口子，里面装着的两只锅、几个盘子还有一把筷子散落一地。盘子碎了，锅砸到地上发出钝重的响声，有几根筷子从天桥上掉下去，砸在一辆过路汽车的车顶上，然后迸溅开去。杨天乐走到天桥边，往下探身看了看，说了句"真悬"，然后就没当回事地回身开始收拾。他把盘子的碎片一点点踢到旁边，钱潇蹲下捡拾筷子，捡着捡着突然就哭了，毫无过渡和征兆。杨天乐在一旁手足无措。他愣了一会儿，小心翼翼地走过去安慰钱潇，钱潇却扭向另一边哭得更加凄厉。杨天乐蹲在那里，第一次感受到了什么叫作无力。

他本能地觉得这一切窘境都是自己造成的，是因为自己的无能，但又觉得好像也不全是如此。这样为自己辩解的念头冒出来，又突然觉得是在推卸责任。他不知道谁该对这一切负责，自己好像连揽下责任的能力都没有。一切开始混乱。在那个寒冷的夜晚，杨天乐觉得大脑里的一切都被冻住了。

北京深冬的寒冷像一种物理性的攻击，钝器和锐器交替袭来，冷到让人疼痛。风吹透了杨天乐轻薄的羽绒服，把鼻涕和泪水封冻在钱潇的脸上。杨天乐看着钱潇和一地的杯盘狼藉，结结实实地明白了什么叫作"狼狈"。过街天桥偶尔有人走过，他们小心翼翼地绕开破碎的瓷片和横七竖八的筷子，瞥一眼痛哭的钱潇，然后头也不回速度不变地径直走过。这座城市对一切都司空见惯，欢闹的、痛哭的、失意的、狂喜的，没有人会留意与自己无关的人，人们都自顾不暇。三里屯曾经有一个疯子用一把西瓜刀砍伤了七个人，他跑走之后，人们用手机拍下躺在地上的受害者，没人更进一步施以援手；同样在这座城市里，任何一个地方的流浪猫都会被照顾得很好，有人搭窝，有人送饭，配合默契。人们愿意把自己的施爱本能献给那些孤傲的生灵，却害怕分享给同类。

那天晚上，钱潇一连哭了半个小时，就固执地坐在那座老旧的过街天桥上哭。哭完之后，她站起来，没说一句话，继续收拾地上的筷子。杨天乐眼见着她把看上去尚完好的两个盘子、锅和筷子重新装进编织袋，然后像什么都没发生过一样，把一个提手交给他。两个人提着，小心翼翼地一级一级走下台阶。

一夜无话。

之后，那一晚像从他们的记忆中消失了一样，两人再未提及。那是他们共同默认的敏感事件。如果夫妻之间这样的敏感事件慢慢增加，相互重叠，产生化学反应，两人的关系就会慢慢疏离。日子必须从那些敏感事件中巧妙地绕过，因为一旦障碍多起来，路就自然变得狭窄。

如今，他们已经懂得了一些道理。比如，抵抗生活已经需要太多力气，所以没必要把所有事情都挑明。这是北京这座城市教给他们的。房东这通奇怪的电话，再一次告诉他们，或许又要开始新的迁徙。他们都已经懂得要对某些心绪秘而不宣。钱潇继续看着韩剧，杨天乐接着打游戏。房间里"欧巴、欧巴"的夸张呼喊和游戏里巨龙喷火时的吼叫彼此交织，得以盖过这个小小的一居室里让人窒息的安静。

3

周一，两个人耷拉着脑袋还得照常上班。他们刚在一起的时候，经常很早起床，自己在家做早餐，牛奶、麦片、煎鸡蛋，还有切了花边的胡萝卜片什么的，花色隆重。很快，新鲜感就被现实的麻烦绞杀殆尽。他们放弃了那种带有仪式感的晨间活动，改为下楼随便对付。向生活举手投降的过程都埋藏在这些细节里。

下楼到常去的那家早点摊要了半笼包子、两根油条，豆腐脑和小米粥。两个人闷头吃饭，像偶然坐在彼此对面的陌生人。门口的油锅喷着油烟，服务员用肮脏的抹布抹过黏腻的桌子。隔壁便利店的老板娘过来吃饭，和早点摊老板打情骂俏几句。老板问："那天看见你们往四号楼搬东西，要搬家啊？又租了一个房子？""那是我们买的，现在可租不起了，不如买一个。幸亏买得早，刚搬。"老板娘说。杨天乐心里一惊，抬头看了一眼，正巧看见女人脸上复杂暧昧的神情，混杂着表演性的无奈和压抑不住的炫耀。杨天乐经常去那家便利店买烟或者取快递，老板娘和她的丈夫都邋里邋遢，靠每天卖点烟酒糖茶度日。他从没想过，他们能在北京买下一套房子。有时候，现实给你的一击，不知道来自哪里，杨天乐想。他看看钱潇，她正在努力咽下最后一口包子。

吃完油腻的早点，他们一起溜达着去往地铁站。钱潇在建国门下了车，留下杨天乐一路晃荡着奔赴中关村。他抬头看看车厢，窗户四周和地板上全张贴着链家的巨幅广告——一个神色坚毅的男人在一座洒满阳光的房子里丈量拍照。"全部真实房源，给你在北京安一个家。"上面庄严地写道。

杨天乐左右看看，整个车厢的人都在低头刷手机，面容呆滞。每个人和每个人挤在一起，却都用手机把各自的小宇宙与外界隔绝开来，这是保持自我完整的本能。手机是虚拟的金钟罩。任何人稍微移动一下身体，都会让被碰触的人心生不快，他们会本能地皱眉，生出一副厌恶的表情。等到下一站挤到别人时，厌恶的表情也会传染给下一个人。北京地铁拥挤的车厢里像是一幕幕经久不息的人性实验，你会看到和善的人被拥挤的人流搞得焦躁不堪，互相谩骂甚至大打出手。人是一种很奇怪的动物，理性极其脆弱，尤其在面对匮乏的恐惧的时候。杨天乐每次站在早高峰的地铁站都会想，排队的人如果按照顺序紧凑地上车，效率是最高的。但是人们都生怕赶不上那一趟车，生怕抢不到一个座位，都争先恐后，有如音乐节现场 pogo 的人群一样你推我搡，效率虽低，却足以慰藉内心的不安。这一切似乎是个死结。

初到北京的那一年，杨天乐坐地铁从来不抢，他觉得那种有如丧尸奔向座位的样子太不体面。渐渐地，他发现，这样不行，真的不行。他保持着稳重的姿势，但所有人都觉得他像个莫名其妙的障碍物，人们推他，撞他，然后回头对他投下蔑视的一瞥。当车厢里的所有人都像丧尸一样争抢的时候，你不争抢，才是怪物。后来，他就去抢，再也没有收获过蔑视的目光。早高峰的车厢里，弱肉强食，每一节车厢都是个小小的丛林，它自有法则，有如北京这个更大的丛林。

杨天乐揪着一个吊环，随着列车的节律晃晃荡荡，路过隧道里一个又一个广告牌。房地产广告上写着："北京东四环最后一席，你错过一次，就此错过一生。"再往前，是一个教育机构的广告："买不起学区房，你已经输在了起跑线上，但我们能让你的孩子迎头追上。"广告充斥着恐吓的味道。不知道是人们真的如此焦虑，还是被外界氛围催化。这都不再重要，重要的是，你已经入局，你无路可逃。杨天乐不再看那些广告。车厢里，有座位的人们都在睡觉。这座刚刚苏醒的城市，人们却如此疲倦。这些人都住在哪儿呢？他们每天都是从哪儿冒出来的？杨天乐想着。他觉得，可能也有人正在这么琢磨自己。

4

进公司，打卡，把包扔在旁边一个空工位上，这基本上都成了肌肉反应。杨天乐和周围的同事寒暄，好像刚刚度过一个灿烂的周末。几个女孩正谈论着对方新烫的头发和一款保湿喷雾的效果。这是正式开工前，短暂的前戏。地铁上的丧尸，一旦迈出出站口，见到阳光，进入办公室，就都变换成体面的样子，整整头发，理顺领带，咧开嘴角，显得温和又礼貌，你不知道哪种嘴脸才是他们真实的样子。

杨天乐整理了一下资料，沏了杯茶，等着开例会。他们要做一个给下一轮推出的新产品造势的活动。大家头脑风暴了好几周，还没个定论。其实每个人都知道，这么多轮头脑风暴，最后一定会把最有创意的方案筛下去，选出最平庸的那一个。这是经过验证的。创意都是有限的，哪儿有那么多可以风暴的东西，风暴最大的作用就是把所有创意都吹散。

过了一会儿，总监来了。大家陆续拿着资料去往会议室。总监坐在会议桌的尽头，其他人都默契地做出相似的谦卑的身体语言，努力压抑着蔑视，尽量表演得诚惶诚恐。

过了一轮方案，总监开始了冗长的点评。"缺乏网感啊，同学们。这没有爆点啊！"每个人都知道他会说这句话。大家都低头不语，有人整理衣角，有人擦拭眼镜。"你们组，啊，这个准备投放新媒体的软文，标题问题很大啊。你们说是不是？这标题谁看？嗯？你们自己说，要是你们是读者，刷到这篇，会点开吗？不会嘛，对不对。"总监继续说，"得改啊！改成《他们默默一击，百度哭了，谷歌傻了，马云马化腾都疯了》，这多好，是不是？这就是网感。平时多读，多体会一些。"总监扭过头，冲着策划部的一个小姑娘说："你盯着，用这个标题啊。以后标题都要有这种感觉，明白吗？年轻轻的小姑娘，做的内容老气横秋。"

杨天乐偷偷翻了个白眼。

说完新媒体的标题，总监把最终的整套方案确定了，毕竟时间不等人。果不其然，选了最平庸的那一款。大家拿着手机在私下拉的小群里互相发贱嗖嗖的表情包，纷纷说终于不负众望选出了最傻×的方案。然后在会议室里凝重地点头表示赞许。方案里还包含一个地面活动，在三里屯做，杨天乐负责。

开完扯淡的例会，大家闲散地回到各自座位，准备去吃午饭。

杨天乐的电话响了，上面显示：苏哥（房东老公）。括号里是杨天乐自己备注的。哟，他突然觉得有点新奇，好像陷入了某种谍报游戏。

"苏哥。"杨天乐接了电话。

"哎，杨儿啊，那什么，房子明年你还继续租吗？"

"租啊。"

"哦哦，那这么着，你看最近哪天方便，你把房租给我就得了。还差几天嘛不是，我家里有亲戚生病，得用钱，你要是能这几天给我呢，也就不涨房租了。"

"行啊，我跟我媳妇商量一下。"杨天乐留了个心眼，"您跟梁姐都挺好的吧？"

"挺好，呵呵。等你消息啊。"

杨天乐挂了电话，拿着手机在手里转来转去，想，这事怎么弄呢？头上的白炽灯有根灯管坏了，一闪一闪，有点嗡鸣，半死不活的样子。大家都假装忙碌，掩盖懈怠。仅仅过了一个上午，人们就一脸烦躁。杨天乐一直觉得，如果仔细观察，就会发现，每个同事的脸，下班的时候都会比上班的时候向下垂一寸。

杨天乐想了一会儿，给钱潇发了条微信："房东她老公来电话了，要房租，你说怎么弄？"

过了得有五分钟，钱潇回了一条："忙呢，实在没工夫想，你先看着办吧。"杨天乐有点丧气，给房东打了个电话。

"梁姐，你老公刚才电我了，说房租给他。我问他，你们挺好的吧，他说挺好。"对方沉默了一下说："你先挂了，我一会儿打给你。"

同事陆陆续续过来叫他一起去吃饭："庆祝一下方案确定啊。"挤眉弄眼掩盖语气里对总监的嘲讽。总监从他们身后快步走过，一副日理万机的奔忙样子，表情凝重。杨天乐也配合着嘲弄的表情，说："你们先去吧，有点事，走不开，一会儿我叫外卖得了。"

他没心思去吃饭，在饭桌上还得扯一遍刚才会议上的事，说点同仇敌忾的车轱辘话，发泄一点情绪，有什么意思呢？他现在满脑子都是自己的房子。

杨天乐一边等电话，一边开始汇总方案执行的各种细节。领导拍大腿拍脑门想出来的东西，你还得想办法实现，实现不了，他就问你，为什么这么缺乏执行力？因为你傻×！杨天乐越想越来气。活动马上要启动，自己还摊上这么一堆破事。太他妈丧了。

梁姐的电话终于来了。

"小杨，麻烦你个事。这样，你就明确和他说，房租先给他半年的，他肯定会答应，你放心，他现在没钱，这笔钱对他很重要。你别给他转账，你说要在合同上签字，让他去找你一趟。"梁姐听起来心思缜密，似乎刚才挂了电话和谁商量过，"等他到了你那儿，你给我发个微信。算你帮我一下，下半年那房租，我给你打折。"杨天乐犹豫了一下，没接茬。

26

"房子是我的名字，你放心，不会让你搬的，这事和你没关系。我这房子长租，离婚了也不可能给他。具体的情况我也不好和你细说。"梁姐补充了一句。杨天乐突然觉得有点放松，他舒了一口气，好像事情也没刚才想的那么糟。"好。"他说。

在北京，绝大多数情况下，房租都是押一付三，也就是说，一次性交三个月的房租，租期一年的话，可以分四次结清。杨天乐和钱潇找到现在住的这套房子的时候，觉得出乎意料地满意，当时，还有另外一家也看中了这套房子，杨天乐和钱潇不想错过，商量了一下，就和房东提出自己可以年付，一方面可以提升自己的竞争力，另一方面，也觉得可以安稳一些，这样一来在一年内被毁约的概率就下降了不少。而现在，情形这样微妙，又要一次性拿出一年的房租，还不一定真的能住满一年，杨天乐就多少有点担心以后会发生扯皮。所以，他觉得先交半年的房租对自己也算是种保护。

杨天乐等着同事们都陆续离开了办公室，才躲在隔间里打电话。

"苏哥，这么着，房租呢，我能提前给您，都没问题。我先给您半年的，您看行吗？"杨天乐本来还想着，如果对方不答应，该怎么接。结果对方就说了一个字："成！"那语气里有一种终于如愿以偿的欢快。

"这样，我给你个账号，你给我打过来得了。咱互相这还信不过吗？"苏哥说。

"别别，苏哥，我不是信不过您。咱不还得签合同吗？您得签字啊。您还是受累跑一趟吧。"

电话那端犹豫了几秒钟，"行吧。"苏哥说，"哎，杨儿啊，这事你别跟你梁姐说了。我们家亲戚病了，她不乐意管，你明白我的意思吗？"

杨天乐心想，我他妈不明白，嘴上说："明白明白，都懂。"

他们约在这周五下午，杨天乐原本那天要去三里屯看活动场地，也就露个面的事，但他特意在外出登记单上写了好几行：要和场地经理谈细节，和物业公司协商安全防火措施，等等。总监看都没看，签了字，把单子扔了回来。意味着那一下午他就不用来公司上班了，这是这份工作为数不多的福利。

周一晚上，钱潇和杨天乐先后回到家，两个人瘫在沙发上叫外卖。杨天乐把白天和房东两口子沟通的情况和她念叨了一下。"一时半会儿不会搬家的。房子在女的名字下，说得那么肯定，估计梁姐有什么准备吧。"杨天乐说。可能是因为太累，也可能是有点放下心来，钱潇没说什么。

周五下午两点半，杨天乐从三里屯看完场地赶回家。刚进屋，就有人敲门。他开门，苏哥乐呵呵地打招呼。杨天乐心里想，这人戏还真不错。

苏哥递给杨天乐一根"点儿八"的中南海。这种烟只有北京能买到，有点城市特供的意思，其他城市只有"彩八"。这种零点八毫克的中南海有一股臭脚丫子味，不知道为什么，在北京竟然卖得很好。

杨天乐给苏哥点上烟，故意问了一句："家里老人病了啊？"

"嗯，是。"苏哥在脸上演绎了一点沉痛，没多说。

"什么情况啊那么严重，还需要我提前半年的房租看病啊，没事吧？"杨天乐不怀好意地问。

"嗐，不好意思跟你说，我跟你梁姐闹了点别扭，我家里的事，她不管啊。"

"哦哦。"杨天乐假装叹息了一声，挤出一点同仇敌忾的表情。"我去拿合同，您签字，我支付宝转给您房租。"杨天乐说完走进了卧室，顺手给梁姐发了条微信——苏哥在我这儿。对方回复得迅雷不及掩耳："帮我拖二十分钟。另外，他带手机了吗？开着吗？"杨天乐瞥了一眼手机，觉得有点搞笑。转身回到客厅，把合同交给苏哥。苏哥打开手机，用计算器核算租金。杨天乐给梁姐回了一条："手机开着。"

苏哥签了字，杨天乐用支付宝给他转账，办完这些，两人又各自点了一根烟，拉起了家常，表现得很亲切。突然，苏哥的手机响了，他看了一眼屏幕，脸色陡变，接着拿起手机，径直进了卧室。杨天乐想起来，屋里的衣架上还挂着钱潇的内衣，他站起来想拦，人已经进了房间。那个瞬间，杨天乐突然意识到，这仍然是人家的房子，根本不是自己的家。

苏哥在卧室里对着电话喊："干吗？我在哪儿？我能在哪儿？啊？我是她爸爸，哎，你能搞清楚吗？我是她爸爸！我还能给她卖了吗？你报警吧，报吧，人家警察管拐卖儿童，不管爸爸带着闺女出去玩，知道吗？懂法吗你？我告诉你梁雪，孩子是我们家的，就算离婚，你也甭想要孩子。你啊，记着，这辈子我都让你再也见不着孩子！我就跟她说，她妈死了。"

挂了电话，苏哥气哼哼地出来，自顾自地又点了一根烟。点烟的时候，手有点抖。杨天乐一时不知道该说什么，就只能尴尬地和稀泥："夫妻吵架，很正常，别发那么大火。不至于的。"

"这娘们，我忍她不是一天两天了。我他妈带着孩子走，她说我绑架孩子？！我是孩子她爸，我那叫绑架吗？她一天一天不着家，我把孩子扔家里，谁管？"苏哥激动地说了几句，好像突然意识到什么，停下说，"得了，杨儿，我不跟你多说了，不好意思啊，让你看见这个事，都是家丑，真是的。我先走了，有事电话吧。"说完径直走了。

杨天乐的手机振了一下，他拿起来扫了一眼，梁姐的微信："行了，我找了人跟着他。谢谢了。"刚才大喊大叫的声音突然消失，这会儿把屋子衬得很静，只有窗外传来的儿童摇摇椅里令人烦躁的儿歌。杨天乐跑到阳台，想看看现实中的跟踪到底是怎么个意思。他看见苏哥背着包，匆匆穿过小区的小花园，后面有好几个人都在往同一个方向走，看了半天，也没看出个所以然。

他觉得无聊，悻悻地把自己扔到床上，一会儿就睡着了。

他是被电话吵醒的，以为是领导问他场地的情况，弹跳起来准备应对，发现是梁姐。

"小杨，真的谢谢你。跟着他去了火车站，他去杭州了。他有个同学在那边，我周末去找他，把孩子要回来，真是急死我了。"说着就哭了。杨天乐听得出来，那哭声里有一种真实的恐惧和终于有些踏实之后的释放。杨天乐还没完全醒过来，只能瞎应付："哦哦，您别着急。苏哥肯定会把孩子照顾好的。"

"这房子你放心住吧，不会给你涨房租的。"梁姐找补了一句，好像在悲壮地兑现承诺。挂了电话，杨天乐坐在床上想，房东两口子比自己大八九岁，也不是北京土著，在所有限购政策出台以及房价疯涨之前，在北京买下了两套房。苏哥是做电子商务的，这次去杭州也算能随手找份活干；梁姐好像在哪个大公司做财务，两人都是七〇后，赶上了好时候。那几乎是唯一一代在某个时间段、用一个月工资就能买下好几平米房的人。不知道他们是先知先觉，还是运气好，如今也算身价不菲。自己现在一个月一万块钱的工资，无论如何也追不上了。杨天乐想，他们过着这样无忧无虑的生活，为什么还会吵成这个样子？人家厌弃的生活，自己竟然都无法企及。

杨天乐百无聊赖地刷朋友圈，发现大家都在转黄渤唱的一首歌，他点开，听到黄渤低沉的嗓音："穿上新买的毛衣，就下起了大雨，明明是我的奖金，却颁给了Tony……也许我人生的字典里就没有好运气……这就是命，不怪自己也不怨别人……"他听了两遍，第一遍觉得心有戚戚，第二遍觉得都他妈是扯淡的鸡汤。他把手机扔在一边，又重新躺下。

　　太阳沉到最西。楼下传来卖水果和蔬菜的吆喝，孩子们跟着摇摇椅大声叫喊："爸爸的爸爸叫什么，爸爸的爸爸叫爷爷……"他觉得自己和这座城市的关系，若即若离。

5

　　日子就这样流淌过去，杨天乐和钱潇每天恹恹地上班，疲倦地下班，叫外卖，看电视，斗嘴，发愁，为一点小事抑郁，又为一点小事开心。一个月一晃而过。有时候杨天乐觉得生活不过如此，有时候也觉得生活不能一直如此。但生活不和他沟通，兀自往前走，一点点把普通人甩脱。

　　杨天乐没预见到自己会在这个时候再度接到梁姐的电话。

　　那天，他在三里屯那家因为试衣间艳照门而声名大噪的优衣库门前，指挥着一帮工人在一个台子上搭建自己公司的logo。他挂着胸牌，手里拿着卷成一卷的方案指指戳戳，一副踌躇满志的样子。太阳底下，工人们都有点无精打采。

　　电话响了，杨天乐把手罩在手机屏幕上挡着太阳光，眯起眼睛看了看来电号码。

"小杨，方便吗？不好意思啊，和你说个事，那什么，我和我老公还在办那件事。"梁姐在电话里说。杨天乐知道，"那件事"指的是离婚，她对"离婚"这两个字还是有点避讳。"这房子，我们得卖。"最后这一句，梁姐说得几乎一字一顿，"卖"字甚至有点声情并茂。

"真是不好意思。你提前找找房子吧，房租该退的都退，我赔偿你一个月违约金或者再多点都行。抱歉啊。"

杨天乐长出了一口气，说："嗯，没事。"语气异常稳健，似乎一切都在意料和掌控中，但那种难以名状的失落又一次从胃底一点点反刍上来。

之前的房东突然要求杨天乐搬家时，都各有各的理由，经历得多了，杨天乐觉得自己基本上掌握了所有可能性。有的是孩子结婚，要用这套原本的空房做婚房；有的是老人上了年纪，儿女准备搬回这个小区，方便照顾父母；有的是孩子上学，旁边有一所附小，搬回这里，孩子和家长就都不用每天一早大老远地通勤……

杨天乐后来每次找房子，都会打听一下，您孩子多大？老人身体怎么样？云云。看起来，像是个稳妥又随和的房客和房东拉家常，实际上，也算是套取情报：假如那家的孩子已经二十四五岁，这又是家里唯一一套空房，租不租，杨天乐就要掂量掂量。他原本觉得自己已经见得够多，在租房的行当里也算个行家里手。租下现在这套房子的时候，他打听了很多信息，觉得孩子小，老人又不在北京，不应该有什么问题，最终却遭遇了这么狗血的情况。对于杨天乐来说，这一次的状况比之前任何一次都让他难受，让他更深切地明白，房东一家任何一件看似不相关、不搭界的事，都会直接影响到自己生活的全部。你的生活原本顺畅地往前走，你还吃着火锅唱着歌，觉得傻不错、乐呵呵，突然一个电话，就得连根拔起。这就是现实。

杨天乐挂了电话，倚在那个搭建起来的台子上。工人们已经完成了大部分组装，他回头看看，背板上有个男人自信的笑脸。工人们在一旁擦汗，有穿着短裙的姑娘面无表情、体态松弛地路过这里，慵懒地抬抬眼皮瞥一眼这个古怪的 logo，径直走向三里屯深处。

杨天乐觉得自己像个傻 ×。工人们叫他杨总，问他搭建成现在的样子是不是可以验收签字。他听着对方恭敬地称呼自己，怎么听怎么觉得像是讽刺和戏谑。他特别想告诉那些雇来的农民工，自己和他们一样，在这座城市里居无定所。杨天乐一直觉得，体力劳动者比脑力劳动者更容易获得幸福感。那些工人累了一天，喝顿酒，睡一觉，烦恼也就消散得差不多了。更何况，他们对于北京的感情好像和自己不同。他们觉得这就是别人的城市，自己来到这里就为了赚钱，然后离开，至于北京属不属于自己，自己又属不属于北京，这种形而上的问题都莫名其妙，毫无意义。有时候，杨天乐真想像他们一样，只想着今年多挣俩钱，回老家盖房、结婚、生孩子，了此一生，但他知道自己不可能真的这样。可他想要的那些，似乎又都得不到。到底是哪里出了差错呢?

　　工人们一直在催他,都想赶紧收工。他胡乱看看,草草签了字。他被房子的事搅得实在没心思再去抠细节。工人们像得到了特赦般手脚麻利地收拾东西,比刚才干活时的效率高了不止一倍。

　　工人们陆续撤了,地上散落着一些撕坏的海报、贴纸和木屑。杨天乐一点点收拾起来,扔到旁边的垃圾桶。他双手向后撑着身体,坐在那个刚刚搭建起的台子上,看着对面马路上拥挤的车流,心里比三里屯晚高峰的主路还要混乱。他喝了两口星冰乐,让寒凉一点点渗到胃里,接着点了根烟。夜幕一点点笼罩三里屯,汽车喇叭声越来越乱。人们纷乱地穿行在那个事故频发的十字路口,成群结队的老外也熟练地嬉皮笑脸地闯过红灯。

6

钱潇进门，看见杨天乐坐在沙发上抽烟。"吃什么？"她随口问了一句。"随便，不饿。"杨天乐说，"房东要卖房。"这两句话接得毫无逻辑，但效果肃穆。

钱潇没说话。把包扔在沙发上，坐在旁边换鞋。她把鞋子摆好，看看周围，这房子一直保持得很整洁。也不是刻意维护，她只是觉得，家就应该如此。沙发旁的绿植叶子有点蔫，她随手把剩下的半瓶矿泉水倒进了花盆，不小心碰撒了旁边的猫粮。

他俩一度想养只猫，但又觉得猫这种动物最讨厌搬家，认地方不认主人，自己隔一两年就得换个地方住，实在对不起猫。更重要的是，有时候找房子，房东还会特意问"养不养宠物？如果养宠物，我们就不租了"。你能怎么办？如果养了猫，只能徒增找房子的难度。杨天乐和钱潇明白，在北京，他们的这种状态，真的也就叫养得活自己，又有什么资本养猫呢？因为这个事，他俩还一度有点沮丧，然后退而求其次，隔三岔五地买一袋猫粮，喂喂小区里的流浪猫。这种自我安慰的本事，也是在北京磨炼出来的。人总得活得高兴一点，得学会给自己找台阶、找退路。

他们住在十一号楼，十号楼五门的一楼有一群猫，一个老太太养的，那个两居室只给猫住，老太太住在十四号楼。她每天都兢兢业业地过来换猫砂，给猫喂饭，这事情还一度登上了北京电视台的本地新闻。钱潇喂猫的时候想，自己还没有这群猫的住所稳定。有时候，他们喂猫能碰到那位老太太，人家就笑呵呵地问钱潇：喜欢啊？抱一只回家养？钱潇赶紧摇摇头摆摆手。今天看见猫粮，她又想起了这些事。

每次要搬家的时候，钱潇都感到很荒诞。不同于杨天乐那种自动反刍的无奈感，钱潇觉得的荒诞，体现得比较具体。钱潇看着自己拖过的地板，擦过的厨房桌面，到处摆放的绿植，心里知道，很快，这一切都不再属于自己。她觉得自己像个管家或者用人，悉心维护着一个别人的住所，但不这样做似乎又不行，总不能住在一个邋遢得连自己都没办法接受的地方。她不知道别人是如何处理这一切的。

搬家前的这段时间是最焦虑的。她每次拿起扫把和抹布，就会突然想起马上要搬家，然后沮丧地把东西扔到一旁，不再收拾。过一会儿受不了这样脏乱下去，又站起来继续干活，如此循环往复。兴起之后的沮丧，对一个人的伤害很大。有时候想想，之所以觉得无意义，不过就是因为一切都是"临时的"。人真是一种奇怪的动物，自己都不过是临时存在于这世界上，却总是从精神上追求某些接近永恒的时刻，希望在生活中达到稳定和长久，不然就会感到不安。

钱潇有时也会跟着杨天乐看看新闻，和杨天乐不一样，她对那些所谓的专家、学者基本上都深恶痛绝。总有一些专家站着说话不腰疼地呼吁年轻人租房，不要买房："你花费一个北京厨房的钱，基本上就可以周游世界了。等你周游世界再回来就会发现，你的价值观和世界观都已经变了，而你那些买了房子的同龄人的一切努力都只不过是为了还清房贷。"钱潇记得，有个头发花白、有十几个名头的什么经济学家曾经多次大言不惭地这样劝诫。每次听到这些，钱潇就嗤之以鼻地想："等你周游世界回来，世界观和价值观当然变了，因为你发现自己所有东西都被房东扔出去了。"更荒诞的是，传言这位经济学家在国内有六套房产。

还有学者痛心疾首地说："现在的年轻人一个个都变成了精致的利己主义者。"语气里都是哀其不幸怒其不争的俯视。钱潇不明白，精致的利己主义者到底碍着谁了？是碍着你拿项目、压榨研究生、赚经费呢，还是碍着你分房子？那帮教授基本上就没真的进入过真实的生活。年轻的时候经历了一段特殊的历史，就觉得自己是这个世界上最懂得苦难的人，后辈们再也没有资格谈及苦难，都必须幸福得像花儿一样。可问题是这帮上了年纪的专家、学者、教授一直享受着各种既得利益。房子是分的，工资是稳定的，自己还讲学、出书、上电视，一边拿着旱涝保收的事业单位待遇，一边享受着市场经济的好处，然后，坐在上百平米的学区房里撰写文章声讨年轻人"精致的利己"？这是什么逻辑？

钱潇走到厨房，拿了一包从淘宝买的日本方便面，扔到锅里，问杨天乐："你吃吗？"她扭过头，看看自己的丈夫："别玩手机了。"

"没玩，下 App 呢。"杨天乐平静地说。

那几个房屋中介公司的 App 每隔一段时间就会被杨天乐下载到手机上，等找到新的房子又把它们悉数删除。他嫌占内存，更嫌碍眼，总在提醒自己居无定所的现实。

他刚到北京的时候，还没有 App 这种东西，找房子只能去几家中介的店面留电话。那时候，中介这个职业还显得很可疑；如今，在北京的街头，几乎只能看到两种最显眼的职场人士：打着领带的房屋中介和戴着头盔的外卖小哥。他们骑着同款的电动车，阐释着努力的画面感。

有一次，杨天乐在路边买凉皮，摊子旁边有两个外卖小哥等着取单。胖子问瘦子："你老家也是东北的吧？"

"嗯。"胖子递给瘦子一根烟，点上，说了一句，"还是北京好啊，只要努力就能赚到钱。"这句感慨搅拌着方言，从一个外卖小哥嘴里说出来，显得无比真实。他不是抒情，只是慨叹。那个溽热的傍晚，杨天乐觉得好像有些东西在心里涌动，但又不知道是什么。旁边的小哥在炉火旁奋力地烤着面筋，口罩被熏得乌黑，额头上汗珠密布，身上挂着一个小小的劣质音箱，歌声伴随着刺刺啦啦的电流声……杨天乐突然觉得这画面像电影里的场景，真实又魔幻，残忍也温暖，一切都不可言说。

夏日的傍晚，人们倦怠无语。有人在摊子前缓慢地挑选蔫头耷脑的蔬菜，几棵树上的知了互相不忿地鸣叫着。杨天乐看着眼前的一切，觉得自己越来越轻，越来越远，抽离般俯瞰着自己每日生活的这个小区，一切不快、焦虑和忧愁，都烟消云散。北京，有时让人烦躁，有时令人治愈。这座城市确实充满矛盾，傲慢又谦卑，冷漠又包容，高大上也脏乱差。它性格古怪但魅力非凡，每天排挤一些人，拥抱另一些人，但几乎所有人都想对它谄媚。

杨天乐在几个 App 上登录完毕，开始刷周边房源。现在这个房子很快就住满两年，他觉得即便涨房租，也不过涨到四千。刚刷了一下发现，周边同户型的房租基本在四千八。他心里一惊，但没出声。又点了一下租房旁边的二手房选项，一组数字开始滚动，然后慢下来，渐渐停在五万五千元上。这是目前幸福里小区以及周边二手房的均价。杨天乐盯着那一串数字，数，个十百千万。然后深吸了一口气。

　　杨天乐有个小外甥，表姐的孩子，三岁多，正是最萌的时候，刚刚开始有数字的概念。在他的小脑袋瓜里，二十是这个世界上最大的数字，基本等同于成年人世界里的万亿和无穷。小外甥找妈妈要新玩具，他妈妈说，你玩具太多了，自己卖掉一个，再买新的。他就蹲下，把小汽车排成一排，努力挑出一个不太喜欢的，等着杨天乐来买。杨天乐问："这个多少钱？"小外甥使尽全部力气说："啊，这个二十钱。"他还不会用量词。逗得杨天乐笑个不停。晚上，他不想让杨天乐走，使劲拉着他的衣角说："舅舅，你再住二十天。"那意思就是说，你永远也不要走。有时候，杨天乐觉得，自己要是和小外甥一样就好了，觉得二十是个天大的数字，这样一来就能开心很多。但是不行，成年人的世界里，数百万和数千万的钱都好像不算什么。这几天，朋友圈里在疯转王健林的一段采访，"你先定个小目标，先赚它一个亿"。王健林说。仔细想想，王健林也没夸张，这算什么大目标？在北京西城，不够买几套学区房。别的人好像都能以千万计数，随手买下房子，杨天乐却还在纠结几千块的房租。到底有几个北京？

　　他在几个标注"豪装""设施齐全""婚房出租"的房源下面点了"看房"，然后把手机扔在一旁，点了根烟，靠在床头，等待着接起一个个电话。他太熟悉那些声音了，努力掩盖的方言、旁逸斜出的普通话、虚伪的热情、真实的急切以及假装的谦卑。他知道自己将在接下来的一个月里，进入一间间户型奇怪的屋子，面对肮脏的地板、堆砌的旧物以及油腻的厨房。他突然觉得很累。

7

　　杨天乐站在一个单元门前，无论如何都找不到钥匙。他叫来开锁公司，对方非要他证明这是他的房子。他说这是他租的房子。开锁公司说，租的房子不是你的房子，我们不能给你开锁。要开锁，要么有房产证证明，要么叫来房东，因为这是人家的房子。杨天乐很生气，说叫不来房东。对方说，房东不来就不能开门，这又不是你的房子。扭头要走。杨天乐开始和锁匠对骂。钱潇一直在拽他，他很不耐烦，甩着胳膊。

　　"你电话响！"钱潇的脸突然出现在杨天乐眼前，杨天乐醒醒盹儿，发现钱潇还真的在拽他。她把电话扔在他胸口，踢踢踏踏地去了洗手间。杨天乐蒙蒙地看了一眼表，发现自己已经睡了半小时。他接了电话："杨先生您好，打扰一下，您要看幸福里的一套一居是吧？"

他觉得自己很快就会重新进入状态了，那种隔两年出现一次的间杂着癫狂、绝望又毫无办法的状态。找房子时的状态。

对方有钥匙。杨天乐说自己住在这个小区，现在就能看。他翻身下床，拿了钱包、钥匙，准备出门时看了一眼钱潇，她正坐在沙发上看电视，茶几上放着一个大碗，里面还残留着少半碗屎黄色的方便面汤，电视上播放着纪录片《猎捕》，豹子正在伺机出击，一只鹿独自站立，机警地扭头到处乱看，它不知道自己在这个丛林里，注定是食物链的底端。

"怎么在看这个？你不是说吃饭不能看这个吗？"杨天乐一边换鞋，一边随口说。钱潇没说话。杨天乐关门下了楼。

钱潇其实根本没在看电视，电视里播放的是什么，她完全就不在意。她只是需要房间里有一点声音，有一点日常的、琐碎的、普通日子的声音，用这些来遮蔽头脑中的胡思乱想。她在想，嫁给杨天乐，到底是不是一个正确的选择；来到北京，又是不是一个正确的选择。说不上后悔，也说不上无悔，真实的生活根本没有那么多戏剧性和黑白分明。只是，在一年一年慢慢度过之后，钱潇愈发有了一种钝刀割肉、难以名状的感受，或者说——消耗。

在恋爱之初、结婚之初，她想象中未来的生活、在北京的生活，不是这个样子的。但到底是哪种样子呢？好像也说不清。最起码不需要像现在这样被到处驱赶；最起码对自己生活影响最大的那个人不应该是房东；最起码应该在北京有一个属于自己的住处。如果达到了这些，她是否就会满意呢？仍然说不清。她能说清的，是对现在的生活不满意。

有一次吃饭，钱潇在微博看到一个段子：博主去楼下喝粥，隔壁桌的几个女人因为皮蛋瘦肉粥里面没有瘦肉和老板争执起来。老板说瘦肉已经煮化了。"怎么就这碗化了，其他的都有？十二块钱一碗你还偷工减料，好不好意思啊！"其中一个女人越说越激动，最后竟哭了起来。老板吓住了，表示送一碟点心，算是赔偿。有个年纪大一些的同伴给女人递了一张纸巾，说："小赵啊，一碗粥而已，不至于的。"女人抹着眼泪说："我不是哭这个，我难过的是已经三十多岁了，还因为一碗粥跟别人斤斤计较吵了起来。这根本不是我想要的人生啊。"整家店陷入了谜一般的安静。

段子不知真假，但钱潇看到之后，怔了很久，也陷入了谜一样的安静。她觉得自己和那个因为一碗粥吵架的妇女一样，必须和整个世界斤斤计较。她没有豁达的资本。最初她以为自己有，后来想想，真是幼稚，那资本是什么？不过就是年轻。但年轻很快就会被消耗掉，不管你是否在意，也不管你是否愿意，都注定会被消耗殆尽，不以人的意志为转移。所以，年轻根本不是资本。如果不能用它变现，不能用它当作攀爬的阶梯，它就什么都不是，不过是人人都拥有过的一个普通阶段罢了。那些真的只能把年轻当作资本的人，大都是真正的赤贫者。他们没有任何其他资源可以盘活，思量再三，人性中自我安抚的机制就会启动，让他们发现自己的年轻，聊以自慰。不然，还能如何？在生活尚未正式展开的时候就拱手认输吗？

钱潇终于明白了这一点的同时，还洞悉了另一层真相——自己连年轻的资本都已经没有了。每年校招季为公司筛选新的简历，出生日期一栏写着一九九二年、一九九三年、一九九四年……真年轻啊，她想。但仔细算算，好像也算不上太年轻。如果这年纪都不能大张旗鼓地被称作年轻，那自己呢？她有一种随时会被替换的恐惧，觉得自己就像那些型号老旧的手机，性能良好，但被弃之如敝屣，不过就是因为……因为什么呢？新的型号和款式被生产了出来，人们就认定，必须更新换代。不过如此。

那首《山丘》，钱潇听得心有戚戚，李宗盛缓缓地唱："也许我们从未成熟，还没能晓得，就快要老了，尽管心里活着的还是那个年轻人。"她心里真觉得自己还是个年轻人，但是除了自己，谁还会认为她是个年轻人呢？她发现，周围的同学、同事都在表演沧桑，在朋友圈里一副沧海桑田的语气。有同事发一张凌晨机场跑道的照片，写一句"赶个早班飞机，好累，真是年纪不饶人"。钱潇心里"嘁"了一声，比自己还小两岁，装什么老成。然后点了个赞。

后来她发现，好像所有的同龄人都如此。他们乐于谈论失眠、颈椎和肩周，晒娃、埋怨老人、怀念旧时光。好像从心底里厌恶青年的状态，都拼命拖动进度条，想把自己急速快进到中年。他们面容倦怠，眼神势利，动作松松垮垮。从跨出校门起，就急切地变成这个样子。同时他们好像迅速融入了这片丛林，没有迷茫，没有过渡，直接在食物链的中端甚至高端，找到一个位置盘踞。不像钱潇，总有一种说不清的战战兢兢。或许，表演沧桑是那群人生长出的一种保护色。

人们都开玩笑说，一九九二年出生的都已经算中年，三十四岁生孩子都算老来得子。钱潇琢磨了一下，妈妈在自己现在这个年纪的时候，自己已经读小学了。而现在，她在北京还像个游魂一样生活。有时候，她也觉得好像没什么资格"修正"杨天乐，因为连自己都还像个孩子，不然为什么对周围的一切时常感到茫然无措，无法把控。其实，成熟与否，有时与年纪无关，与能真正把控多少资源有关。周围年长的、同龄人的生活似乎都在变化，只有自己原地打转。

在公司里，几个姐妹表现得闺蜜模样，一起八卦调侃某个明星，对上司和老板同仇敌忾，但实际上，她们根本不在一个世界。隔壁格子间的王姐抬手接电话时，钱潇一瞥，右手腕上缠着一个Gucci的经典款手镯，玫瑰金的色泽低调而沉稳。挂了电话，王姐递过一份资料，左手腕上露出一块卡地亚手表。人家若无其事，照样在这儿上班，只是，明显要比钱潇放松很多。对许多东西用不着计较，就会变得松弛。有些事，看在眼里，印在心里，印在心里后，就自然而然会对比。都挣一万块左右的薪水，人家发了工资，直接刷成一双小高跟，或者一身连衣裙，钱潇不行。渐渐地，表面上热络依旧，心底里却沟壑丛生。并不是人家对钱潇如何，是钱潇自己想往外退。

她们中午经常一起吃饭，不可避免地会聊到房子。王姐的丈夫在一家投行还是银行做金融相关的工作，钱潇不太懂，只是懂得王姐的包、表和手镯，搭着衣服不停地换。对面工位的尹慧，老公在一家所有人都耳熟能详的大国企，提起名字人们会会心一笑的那种，职位是公公安排的。老公的家境很殷实，尹慧休完产假，开着一辆崭新的奔驰回来上班。"公公给买的。说有孩子了，安全重要。"尹慧若无其事地摆摆手说，语气里还有点无奈和奚落老人多事的意思。

最近这段时间，尹慧在动心思生二胎。"那得换房子吧？不够住啊。"王姐一边吃着饭一边问尹慧。

"是啊。"

"学区房也是个麻烦事。"

"不考虑学区房了，其实也没什么必要，反正也得走。"尹慧用叉子插着一片生菜说。她说的"走"，是出国、移民。说起这些时，语气里有点遗憾、落寞和淡然，更多的是轻松。仿佛移民并不是一件需要费力的事，只是在等待合适的时间，抽空办了而已，最多就是有点琐碎。"上周末去看了看'北京院子'，北五环外了吧，好像还更远点，还可以啊。周边荒凉点，但是里面真不错。一千七八吧，比学区房值多了。就是价格有点纠结啊。"尹慧说。

钱潇在旁边听着，插不上话，只能奋力咀嚼鲜虾饭里为数不多的几个虾仁。所有人谈到房子的时候，都会自动舍弃数量单位，比如尹慧说的"一千七八"完整表达应该是"一千七八百万"。一旦把单位省略掉，一切就突然变得很轻巧。

那几天，钱潇刚刚买了一部 iPhone 6s，粉色的。买之前纠结了一个月。纠结的时候，她每天问杨天乐："你说我买不买？"杨天乐说："买吧。其实也没多少钱。"钱潇反击："没多少钱？就跟你有多少钱似的。"杨天乐就说："那别买了，反正也都差不多。手机嘛，还能出个什么花儿？"钱潇说："连个手机都不让买。"杨天乐就不说话，假装忙乎 PPT。纠结之后，手机还是买了，买完发现确实挺开心。谁说开心和钱无关呢？钱潇纠结的是手机，尹慧纠结的是别墅。

几年前，钱潇觉得，凭借自己和老公的努力一定可以在北京立足，这有什么难呢？他们和同学、同龄人的起步都差不多，但三四年之后，差别渐渐显露出来。有些人迅速开挂，有些人急速跌落，钱潇和杨天乐或许算过得不好不坏的。但北京这座城市只想留存最好的，不好不坏的那部分就变得惴惴不安，随时会被剔除的样子。也正是这样的机制让北京显得如此诱人，也如此残忍。

钱潇和杨天乐的逻辑很简单。两个人受过良好的高等教育，都不笨，待人接物大大方方，为人处世光明磊落，在北京不费多大劲就找到了看似体面的工作。他们原本以为，一切会像钟表齿轮那样复杂又精确地一环扣一环运转下去，但突然就被房子卡住了，一切都动弹不得。在房价面前，再体面的薪水都会显得不堪。最初，他们还觉得希望尚存，后来，那光亮摇曳起来，越飘越远，直至如烛火般明灭不定。再后来，人们开始把买房子叫作"上车"，听起来这比喻好像没什么想象力，但只有身处其中的人才能感觉到它精准无比，堪称绝妙。

房价就像一列高速列车，一直全速行驶，甚至越来越快，你能做的只有把握好时机、掌握好力道，当然，最重要的是备足购买车票的钱。钱潇脑子里经常会浮现这样一幅画面：一列列车兀自狂奔，自己在后面狼狈地猛追，眼见着车越驶越远。最后，她孤独地站定在飞扬的尘土里，双手无力地垂在身体两侧。

渐渐地，钱潇看明白一件事，那些及时上车的同龄人，车票几乎都不是自己买的。父母为他们负担了至少前半程的车票，自己再努力去补后半程的票而已，至少用不着在地面上绝望地奔跑追赶了。

刚刚迈出校门的时候，钱潇和杨天乐有些盲目乐观，他们相信个人的努力会有等值的回报。后来也不能说回报不等值，北京这座城市,总体上是公平的,这也是他们一直热爱这里的原因之一。不过，那只是一种程序正义，在很多事情上，起跑线就差之千里。单靠几年的高等教育和不太笨的自己，跨越不了阶层。明白这一点，就如同明白了年轻不属于资本一样。只是就算明白了，又能怎样呢？

钱潇坐在沙发上，对着那半碗冷掉的方便面汤，对着不知所云的电视节目，想着这一切。又问了问自己，如果重新选择，会选择怎样的生活？琢磨来琢磨去，最后发现，还是会选择和现在一样的生活，来北京，和杨天乐结婚。她没有什么别的路可选。

和杨天乐在一起后，总有人问她，杨天乐哪里好？她说：他听得懂我说话。对方通常一愣，钱潇明白，这样的反应就是听不懂自己说的话。但杨天乐不会，她说什么，杨天乐都能迅速准确地理解，get 到那个点。这种事情很微妙。有时候，你掰开揉碎解释八遍，对方或许也能懂了你说的话，但瞬间一切都变得没意思。而你一说，他就懂了，这感觉就完全不一样。这种沟通上的顺畅有一种其他任何事都无法替代的熨帖。即便她经常修正和挖苦杨天乐，但她知道，自己对杨天乐很珍惜。

在办公室，王姐有时候会问钱潇："你现在和你老公还有话说吗？"钱潇想都没想就说："有啊。怎么没话说呢？"王姐慢慢点头，眼睛看着地面，焦点却虚了，若有所思又有点将信将疑。钱潇明白，即便手腕上缠着 Gucci 和卡地亚，也还是有困惑，那困惑很真诚，因为王姐不只问过她一次，每次都是下意识的，有一种真心求教的语气。听了钱潇的答案之后，她却好像更加困惑了。

钱潇和杨天乐之间不是没有矛盾，也会争吵，也会抱怨，有时还挺激烈。尤其每次搬家之前那段时间，总会气氛不对，时不时互相发点邪火。但是她明白，那些争吵从没破坏过根基，至少到目前为止没有。所以，对于这段感情，对于当下的生活，她并没有后悔自己的选择。

钱潇决定不再胡思乱想了。她站起来，端着碗走到厨房，把里面的汤和剩下的面条倒进水槽，认认真真地刷碗，然后一寸一寸清洗水槽，又拿起抹布把台面上的水渍慢慢擦干。即便很快就要搬家，她觉得还是要保持洁净。这是她生活里小小的尊严，即便这生活如此易碎。她擦着手，从窗户向下望，水果摊上拉起了几个电灯泡，氤氲着温暖的光，照不到的地方已经一片漆黑。

8

　　杨天乐就站在那片漆黑里。他仰头看看那座楼，等着中介来接应自己。要看的房子在一栋锯齿楼里。这片一九九六年建成的房子里有很多极具创造力的户型，不知道当年的设计师用哪个器官规划出了这样有魄力的方案，无论卧室、厨房还是客厅，基本上都是多边形。屋里有一股不可名状的可疑味道。床垫上有几块颜色错落的棕红色斑块，所有墙面都包裹着暗黄色的护墙板，木板上刻着几匹奔跑的马，右侧还生怕别人不知道画的是什么似的写着"万马奔腾"四个字，有一种自以为是的遒劲。暖气被裹在木板后面，前方的散热口有一排百叶窗一样的木条，其中　半都被掰折了。

　　杨天乐在房子里象征性地走了走，拍了两张照片。每次拍照，中介都努力弯腰让自己不至于入画。几年前租房子的时候，中介惯于口灿莲花，现在都变得比较沉默。一方面可能是因为市场很好，什么样的房子都能出手；一方面也是因为中介看得出来，客户对这个房子中不中意。人家看不上，你叨叨半天，只会让人更烦。杨天乐觉得这变化挺好。

他对中介说："那行，哥们儿，就这样。你再帮我看看，差不多比这新点的，随时给我打电话吧，我一般晚上下班有时间。"中介锁了门，把钥匙藏在了楼道的变电箱里。杨天乐有点惊讶："这样没事吗？"

"没事，就我们自己知道，别的同事带看房比较方便。这房子估计有两天也就租出去了，现在房子不多啊，杨哥。"中介说。杨天乐应和了几句。下楼回家。

小区中心的小花园里，大妈们仍然准时跳着广场舞。"东边牧马西边放羊"，音乐粗犷，动作欢实。领头大妈严肃纠正着一个队员稀松的手臂姿势，后者低着头，努力弯下僵硬的腰肢，脸上的表情愤愤又有点气馁。后面的球场里，一群年轻人在踢球，地面绿油油的，一片塑料制成的假草皮。大爷们围着桌子下棋，烟雾缭绕在他们苍老的头顶，有人沉默不语，有人大放厥词。几乎只有这个时刻，幸福里小区的人们看起来都很幸福。

杨天乐慢慢地走，穿过那些人群，路过一个水果摊子，路过一个冷冷清清的药房，再路过一个便利店，旁边有个卖糖炒栗子的店铺，音箱里，一个女孩用春晚主持人那种声情并茂的声音抒情地吆喝：

"走一走，转一转，板栗王里看一看。一斤只要十块钱，十块钱去不了新加坡，十块钱买不了高压锅……"杨天乐被这一本正经的胡说八道逗乐了，他进去买了一包栗子，然后慢慢往回走。

他在楼下的长椅上坐下来。长椅上贴满了租房小广告，"超低价一居""房东直租""精装主卧"，字迹幼稚，价格可疑。不远处，一个男人手里拿着一沓租房小广告到处张贴，长椅上、电线杆上、楼门口，他发狠似的把一张张竞争对手张贴的小广告撕扯掉，扔到一旁，再使劲把自己手里的小广告啪啪拍到墙面上，像是与对手示威又像是和自己较劲。

他向这边走来，和杨天乐对视了一眼，幽暗的路灯下，杨天乐瞥见了他的眼神——交织着倦怠、鄙夷和怨恨，长时间繁重、重复的劳动和无望的生活铸就的神情，在这座城市里屡见不鲜。杨天乐想，在对方的眼睛里，自己或许有着差不多的面容。男人剃着光头，拥有一个让孕妇自愧不如的大肚子，戴一根真假莫辨的粗大金链子。一个黑社会大哥的模仿秀患者，一个真实的底层劳动人民。男人跳起来，把一张小广告拍在了一个楼洞口的上沿，落地的时候发出沉重的闷响和一串钥匙相互撞击的声音。杨天乐看见他长袖 T 恤下面的脂肪抖动了两秒钟。然后，他默默地走远。

顺着他的脚步看过去，小区里的地下室也纷纷亮起了灯。这些地下室并不是由防空洞和地下仓库改造而来的非法出租空间，它们其实是半地下室，一半隐没在地下，忍受着潮气和黑暗，另一半探头探脑地钻出地面，乞讨一点点斜射而入的阳光。

在北京二十世纪九十年代建造的小区里，这样的半地下室是普遍的存在，它们大都有着合法的产权。之前有次看房，一个中介对杨天乐说起过，那些半地下室的房子照样价格不菲，大致是其他正常楼层房价的七折。换句话说，以目前的价格来算，这些潮湿阴暗的房子每平米售价接近四万。黑中介小广告上的所谓"精装婚房"和"超低价一居"大都指向这里。每天都有无数年轻人拥入这座城市，在茫然无措中拨通这些黑中介的电话，付出大笔无法讨回的押金，租下一个又一个爬满蟑螂的单间。

杨天乐撕下一张小广告，端详了一会儿，随手团成一团扔在旁边。他抬头看看自家厨房的窗户，灯还亮着。他知道，很快，那里的灯火就不再与自己有关。他剥了一个栗子，扔进嘴里，没尝出一丝甜味。

9

接下来的一周，除了周三杨天乐要加班，钱潇有个不得不去的饭局之外，其余的每一天，他俩都在看房。他们分别去看，如果有自己满意的，再让对方看一遍。这样看得多，效率比较高。

自从到了北京，杨天乐就一直住在幸福里小区。数次搬家都没有离开过这里，这次也同样没想搬去别处。他认真考虑过，换个不熟悉的小区重新找房子，其实花费的时间成本更高。现在至少可以下了班直接回家，吃点东西再去看房，仍然是两点一线。如果彻底换个地方，就会变成在三个点之间奔波。两点一线都让杨天乐和钱潇应付不暇，真没必要节外生枝多搞出一个支点。

住在幸福里属于阴差阳错、机缘巧合。

当年临近毕业的时候，杨天乐的一个大学校友比他早来北京半个月，在这个小区找到了房子，到处踅摸合租室友。他知道后和对方联系，就落脚在了这里。那时候钱潇和杨天乐还没有在一起。

杨天乐最初在国贸上班，距离不远。现在上班地点虽然变成了中关村，但他也没想换地方住。一来，钱潇上班比较近，二来这个小区配套很好，饭馆、菜市场、电影院，几乎近在眼前，生活很方便。再说，他对这里很熟悉，时间长了，甚至莫名地有点亲切，不想挪窝。人的心理情感难以捉摸，在一个和你毫无关系的陌生地方待久了，也会滋生出某种难以名状的感情，一旦离开，就会觉得是在割舍。虽然说不清是在和什么割舍，但总觉得有点怅然若失。

杨天乐是在天津读的大学。那座城市地位尴尬，从一个外地人的角度去看，那里没有一座大城市应有的样子，和它的行政地位完全不符。它像遗老遗少一样沉溺于过去的辉煌，对所有现代化的东西满心不屑。

初到那里时，有三件事让杨天乐印象深刻。一是满街的人都操着说相声一样的口音。一度，杨天乐买水果时和老板说上几句话都会乐不可支，很久之后才能保持平静地和天津人聊天。二是在那样一座北方的大城市里，人们买煎饼竟然都自己带鸡蛋。第一次看见这个景象的时候，杨天乐震惊得不知所措。他看见一个老大爷带着两个鸡蛋，从容不迫地递给摊煎饼的大姐，对方面不改色地接过来，两个人配合默契，不需要任何对话和解释，有如一套神秘而娴熟的地下仪式。后来，从本地的同学口中得知，这是这座城市一种执拗的传统，一种传承多年的早餐文化。当然，最重要的是，这样摊煎饼会便宜一块钱。三是这座城市的原住民都看不起北京。对于最后这一点，杨天乐觉得莫名其妙。作为一个外来者，他不理解这两座城市之间到底有着怎样的历史瓜葛，只是本能地觉得，这种看不上，更多的是出于自卑。

读大学的时候，北京和天津车程一个小时，后来变成了半个小时，但是两座城市之间的距离却远未缩短，反而像是越来越远了。它们几乎是向着两个方向往前走的。北京越来越野心勃勃，天津变得愈发敝帚自珍。

和杨天乐熟识的所有外地同学，毕业后没有一个留在天津，他们都去了深圳、上海和北京。对于年轻人来说，那座城市过于安稳和压抑了。与此相对，他所有的本地同学，没有一个人离开。在他们看来，这里是银河系之内最美好的定居点。

临近毕业那段时间，杨天乐的工作已经敲定了。他一边等着发放毕业证，一边整天趴在宿舍的床上上网找房子。一位室友对他说，隔壁宿舍的郭建好像被公司派到北京总部了，在找人合租，你可以过去问问。杨天乐就蹿下床，去了隔壁。

门没关，他看见郭建光着膀子，只穿着一条松松垮垮的蓝色内裤，背弓成一只冻虾的样子，投入地玩着游戏。杨天乐过去打招呼，郭建哼哼了两声，杨天乐意会那是让自己等一会儿的意思，就站在旁边看着他继续玩 PS2。他看见郭建控制的德国队正在掌控局面，前锋带球向前推进，晃过一个、两个、三个人，起脚打门，球高出了横梁。"×！"郭建把手柄摔在床上。扭头问他："怎么了？"

　　杨天乐说明来意，郭建热络地和他聊了起来。他们没什么交情，只是球场上互相点头的那种薄弱关系，但即将去往举目无亲的北京，这样的关系再加上即将成为室友，也算得上亲上加亲了。郭建说他找到了一个两居室，又从网上找到了一个考研的男生做室友，还想再找一个人一起分摊房租。郭建是天津人，所以不可能离开这座他心爱的城市，去北京是那家公司对于应届校招员工必经的培训要求。到总部锻炼一年，熟悉工作，熟悉企业构架，熟悉供应链上下游的关系，一年之后，就返回天津。到那时候，杨天乐可以再做打算。杨天乐说没问题。被告知自己每个月要负担五百块房租时，杨天乐一口答应了。

　　拿到毕业证的当天，绝大多数同学都在学校各处合影。三三两两的女生抱在一起哭，有人一次又一次把学士帽抛向空中，再努力起跳，配合摄影师寻找角度，以便记录下自己尚且轻盈的青春。杨天乐默默无语地和这些没说过几句话的同学擦肩而过，回到宿舍提起两个旅行包，直接奔赴北京。

10

　　杨天乐倒了两趟地铁，下了车，顶着北京初夏的太阳，穿过一条曲折的小径和两个破败的桥洞，一边走一边问路，终于找到了幸福里小区的一个侧门。入口处有一个黑色铝合金搭建起的拱梁，上面镶嵌着金色的大字"幸福里二社区"。"区"字里的那个"×"已经不知去向。拱梁右侧的阴凉下，有三个大妈，一边择韭菜，一边鬼鬼祟祟地抱怨儿媳妇。不远处的报刊亭旁边，有四个大爷，面红耳赤地大声争论地缘政治和国际局势问题。"要我说，就直接打丫的！"一个大爷抬起胳膊，挥斥方遒地说。"你可别闹了。打丫的？现在都做买卖，谁打仗呢？"另一个大爷理性地驳斥他。民间鹰派和鸽派，杨天乐想。

　　当时正好是上班时间，小区里的人不多，挺安静，偶尔有宠物狗不知好歹地叫上几声，然后对着自己的回声再吠几声。水果摊子的老板小心翼翼地码放着香蕉，又给一半西瓜包上保鲜膜。旁边一个彩票投注站里站着四五个无所事事的中年男人，挺着肚子，攥着布满汗渍和油脂的文玩核桃，一脸严肃地研究墙上的 K 线图，看得出来，他们对此寄予厚望。

当时，杨天乐还不知道这个小区具体在北京的什么方位，只知道它位于朝阳区、应该从哪站下地铁。幸福里是个庞大的住宅区，从二十世纪七十年代开始建造，一点点蔓延成现在的样子，像一摊水一样成了毫无规则的形状。这个小区分成一区二区三区，霸道地横跨了数个路口。

几年之后，幸福里周边变得非常热门，已成为房地产中介眼中朝阳东部最重要的板块之一。周围的配套越来越成熟，不远处的高档社区也开始林立。有一段时间，在朝阳群众的持续举报下，警察从幸福里对面的那个涉外小区中抓获了一个又一个吸毒的明星。有一次，杨天乐在附近跑步，亲眼看着那个靠唱哥哥妹妹之类通俗民歌成名的胖子被警察按在地上，他穿着一条大短裤，T 恤被蹭到胸口，露出腰部肥硕的脂肪。他趴在地上拼命蠕动，标志性的大框眼镜被甩出三米开外。

这些都是后话了。当时，第一次站在幸福里，杨天乐只是觉得这个小区还挺有生活气息。他向那几个抱怨儿媳妇的大妈问了问自己要去的那栋楼的位置，然后向小区深处走去。站在那栋楼下，抬头望望四周模样雷同的六层砖混居民楼，他想，终于开始真的在北京落脚了。

对于未来，他只有一个模糊的预判，将从这里奔赴，可奔赴哪里呢？他不知道。应该是奔赴更好的生活吧，就如同每个人所幻想的那样，可更好的生活到底长什么样子，他说不清，至少应该有一个稳定的住处吧。他抬头看见马路对面不远处的一个新小区正在开盘，高层楼房的顶端悬挂着巨大的广告牌——"青年嘉园盛大开盘，每平米仅售 11000 元，北京新青年的精神地标。"这些大字旁边有一对喜形于色的年轻男女，微笑着望向远方，表现出一种所谓的憧憬。

杨天乐看着那个价格，深吸了一口气，又长长地呼出去。其实，他没什么感觉，或者说，根本没什么概念。刚刚到北京，连工作都还没开始，买房子这件事距离自己过于遥远。很多事都是有步骤的，所以没觉得那个数字是一个不可承受的重负，更没意识到是值得投资的机会。他只想慢慢开始工作，慢慢熟悉北京，慢慢成为这座城市的一部分。他觉得这里有无限的可能性，因此一切都不必着急。但他不知道，这座城市的房价也有无限的可能性。他不知道幸福里的房租会在接下来的数年内上涨五倍，更不知道幸福里的房价会上涨七倍，而三环内的房价会上涨十倍……

杨天乐刚到北京时，人们对于这座城市的房子好像还没有发展出那种宗教式的狂热。那时候买房子的要求很简单，没有限购政策，没有对户口的要求，不需要开具纳税满五年的证明，钱是唯一的硬通货，不像后来，购房资格比钱还值钱。仔细想想，当年那个只认钱的时代，简单又明朗。

那时，白领们都表现得很正常，没有人像比赛一样叫嚷着自己患上了拖延症和抑郁症；广场舞大妈还没彻底攻占所有的空地；人们还没开始争论到底是老人变坏了还是坏人变老了；北京地铁花两块钱可以随便坐；买车不用绝望地摇号，出门也不用迷惑于今天是否要限号；联系一个人还只能发短信，一条一毛钱，也不需要焦虑于要不要给上司的朋友圈点赞；手机是一种需要翻盖的设备，竟然还有一堆按键；吃饭必须乖乖出门，打车只能站路边招手；转账必须去银行；红包意味着真的要把现金装进一个红色的纸包；PM2.5还没有被命名……

那一阵，北京还在以一种放松的面貌对待所有人，一副吊儿郎当的样子，来者不拒，去者不留。多年之后，它被悄悄地重置了源代码，设置出各种隐秘关卡，到处都是审视的目光。表面上还是一副稀松平常，暗地里到处滋生出异样。它下定决心驱逐一些已经留下的人，再想尽办法吓退一些即将奔赴而来的人。但越是如此，人们越想入局。北京像一个盛大的谜面，所有人都想来到这里参透谜底。

那天，杨天乐第一次站在幸福里的楼群中央，他觉得自己想了很多，但其实没想到的更多。除了没想到日后变得狂躁的房价，他还没能想到，在接下来的八年里，他都没有离开幸福里。这里接纳了他，收容了他，温暖了他，也困住了他。

他站在楼下，默默抽完一根烟，在旁边的水果摊买了几个橙子，上了楼。

11

郭建已经到岗实习，他说那个合租的考研男孩会在家等杨天乐。杨天乐敲门，有人来应。他们互相介绍了一下自己，杨天乐被让进了屋。男孩叫李俊，来自湖南，一年前毕业于北京对外经贸大学，这是他第二次备战考研。他穿着一件肥大的背心和一条更肥大的短裤，一头乱发之下戴着一副方框眼镜，眼神发直，有点窘迫。杨天乐扔给他一个橙子，他想表演出潇洒的样子接住，但橙子从他的怀里滚下去，一直滚到门口。他捡起来，笑着说了声谢谢，就转身进了屋。

杨天乐在房间里来回走了走。所谓的客厅就是个过道，墙上镶嵌着一个灰白色的多宝槅，木材劣质，油漆斑驳，最上面一层放着一个满身灰尘的唐三彩，那匹马无奈地站在那里，一副不知所措的表情，像是被命运困住了一生，在等待着谁来解救。大房间朝南，带着一个看起来摇摇欲坠的阳台；小房间朝北，有一张随时会倒塌的书桌，上面堆放着各种习题；厕所很小，像被人用手使劲捏过一样，一个人就能填满所有空间；厨房的灶台上有一层富含历史感的油泥。

房子一共四十多平米。按照事先的约定，杨天乐和郭建分享那间朝南的房间，那屋子里有一张双人床和一张单人床。朝北的房间给李俊，他需要一个安静的空间复习。毕竟是第二年备考，背水一战。

杨天乐走进大房间，准备把旅行包里的衣服放进衣柜。他打开衣柜的一扇门，突然，那扇门整体向他倒下来，杨天乐本能地用肩膀顶上去，才避免被门拍中脑袋。杨天乐找了个角度，小心翼翼地把损坏的门重新归位，拉开旁边的抽屉，把衣服胡乱塞进去了事。他坐在旁边的床垫上，看着那个衣柜，想，来北京的第一天，要是真被一个衣柜的门砸死，算怎么回事呢？

晚上，郭建下班，三个人到楼下的小饭馆吃了顿饭，羊蝎子、宫保鸡丁什么的。郭建喝了点酒，摆出一副中年老爷们儿的姿态，不停地发牢骚，说着公司同事和这个城市一样如何如何装 ×。李俊有点胆怯，不太敢吭声。杨天乐坐在一边看着，他知道自己不会和这两个人成为朋友，但他必须做出朋友的样子。他们在同一个屋檐下，避免尴尬是一种生存策略。

三个人处得久了，话也就多了。一段时间之后，杨天乐开始明白，郭建每天的牢骚，不过是因为紧张和焦虑，这座城市，他不喜欢，盼望着赶紧离开，回到那个熟识又舒适的城市里去。所以，每天下班，他都一头扎进房间，吃一碗方便面，然后忘我地投入实况足球的战斗，那是他的小宇宙。初次见面时，他在宿舍里玩的那台 PS2 游戏机被带了过来。他拒绝出去逛，觉得这里的一切都让人不舒服，人太多，走路太急，还得随时说普通话。在很多天津人的心里，说普通话意味着装 ×、做作，意味着对自身文化的无耻背叛。这是一种古怪又执拗的信仰。

李俊更像个孩子，对真实世界一无所知到了一种难以想象的地步。有一天，他黑着脸走进屋，一副快要哭出来的样子。杨天乐问他怎么了。他说刚才到楼下吃饭，想点一个肉夹馍，被人家轰出来了。杨天乐问哪家饭馆。李俊说是那家清真餐厅。杨天乐大吃一惊，说："你怎么能跑到人家清真餐厅点肉夹馍呢？这太不像话了。"李俊大惑不解地问："什么意思啊？"杨天乐说："人家是回民啊！"李俊沉默了半天说："哦哦，我以为那家餐厅的名字叫清真。"杨天乐愣了足足三十秒，说："你赶紧努力考上研究生回学校吧，现实世界不适合你。"李俊使劲点了点头。

三个人平时各忙各的，晚上偶尔一起玩玩实况足球，或者各自拿一罐凉啤酒，坐在狭窄的阳台上吹吹风，扯扯淡，说说对未来的计划。在李俊的畅想中，最美好的未来就是这次考研能一击即中，重新回到校园，读两年研究生，至于那之后该如何，他不知道，也不想知道。对他而言，继续读书，是缓冲带，是隔离墙，是一种躲避现实的借口，他用这样的方式给自己的逃避建立了一种无法争辩的合法性。而郭建的梦想就是赶紧回到天津，再也不离开，"找个媳妇，生个大儿子！"他说起这些时，通常都会拍拍自己的大腿，语气里有一种豪迈，脸上会泛起喜气洋洋的红晕。他们问杨天乐："你就留在北京了吧？"杨天乐点头。"那得买房吧？"郭建灌了一口啤酒，问他。他又点点头。杨天乐没把在北京买房这件事当回事，他觉得在这里落脚，有个稳定的住所，那是肯定的，一切不过是水到渠成的事。但他没有想到，渠就在那儿，一直在那儿，是他自己没有水。一个稳定的住处，在未来的几年里，竟然愈发变得遥不可及。

刚到北京的那段时间，杨天乐过得挺快乐。因为对未来还没有具体的希冀，也就没有压力。那一小段日子更像是大学宿舍生活的微妙过渡和延续。

12

几个月之后，郭建的公司决定提前让他回到天津分公司，郭建有如得到大赦一样逃走了。逃走之前，他跟杨天乐交代了一下房东的信息，房租押一付三，所以，之后的事得靠杨天乐去交接，李俊是指望不上的。直到下一次交房租，杨天乐才意识到，郭建让自己每个月多负担了一百多块钱。这件事，他从没问过郭建，他觉得没有必要，也没有意义。

杨天乐开始和李俊分摊房租，每个人比之前多负担了一点，但都可以接受。当时，杨天乐的薪水六千块，在同学之中不高不低，那时候找工作好像还没有像日后一样惨烈。李俊的备考进入了冲刺阶段，杨天乐也开始加班，没有了 PS2 的诱惑，每天晚上，他们把自己关在房间里，一个人背诵马哲，一个人制作 PPT。闲暇的时候，杨天乐会上网看看电影，和同学们聊聊天。同学的日子都过得差不多，渐渐入正轨，渐渐有起色。这些他经常聊天的同学中就有钱潇。

那时候微信还没有被发明出来，人们上网聊天依赖 QQ 和 MSN。多年之后，MSN 已经被彻底遗忘，有如从来没存在过一样，和它一起被遗忘的还有杨天乐以前一直用的摩托罗拉和诺基亚。不过几年时间，再想起那些，人们的语气就如同谈及上古传说。杨天乐这一代人每天都在经历自我颠覆，经验是无效的，他们的经验被一次次迭代、覆盖和重建，一切都是临时的，一切都是崭新的。他们享受着速度带来的快感，自己对速度推波助澜，也逐渐被速度透支。

杨天乐和钱潇最初在 MSN 上聊天，有一搭没一搭。后来，两个人都盼望着能在早上上班的时候看到对方的图标从灰色变成绿色。他们会互相打个招呼再开始工作，像一种心照不宣的仪式，让他们感到踏实。

MSN 是一种只能在电脑上登录的聊天工具，不像后来，手机如外挂的器官一样直接接通着人们的神经系统，杨天乐去拜访客户或者外出时，就没办法登录 MSN。他走在路上、坐在出租车里经常会想，钱潇会不会因为自己没上线而感到焦虑。然后装作若无其事地给钱潇发个短信，聊聊路上的见闻或者某个段子，好让她知道自己没在办公室。在很长一段时间里，两个人维系着这种微妙的情愫，谁都没有说破，即便他们都知道，有些东西几乎再无法回避。

当时，钱潇还在老家工作。父亲通过一些弯弯绕绕的关系，把她安排进了一家小公司，她在那里每天表面上和同事们嘻嘻哈哈实则如坐针毡，但对于为什么如此别扭也不明就里。她只知道不能这样终此一生，可到底要做出怎样的改变，却毫无头绪。几年之后，钱潇在北京偶然忆起，她觉得，或许，那就叫迷茫。

钱潇和杨天乐是大学同学，同专业不同班，在阶梯教室上大课时才会遇见，偶尔打个招呼。他们都不是校园里显眼的人，真正意义上开始认识是因为 SARS。那场怪病在当时被称为"非典"。大学封锁了校园，街上寂寥无人，电视里一边播放着电视剧一边在屏幕下方滚动字幕"乘坐 K135 次列车的乘客如有发热、咳嗽等症状，请速到附近医院发热门诊就医，该列车 7 号车厢一位乘客已被确诊为 SARS 病毒携带者"。之后是及时更新的死亡人数，那数字上涨的速度，有如多年之后的北京房价。

钱潇他们被关在了校园里，像是形式怪异的软禁，杨天乐所在的男生宿舍却在校外。扩招不仅让大学生的就业显得愈发困难，也引发了宿舍不够用的问题，这一点更加急切。于是校方在校外租下了一片空地，盖起了简易的男生宿舍。既然在校外，就没办法限制行动，学校只能要求宿管人员每天晚上熄灯之后点名记录，白天就任由这群男生自由活动，生死由命。

校园里的小卖部根本支撑不住那么多女生的购物需求，每天只能吃食堂也让姑娘们大倒胃口。于是，校外的男生成了她们的物流小哥。女生们每天排班统计自己宿舍姐妹们需要采购的东西，从零食到水果再到卫生巾，一应俱全，男生们则轮流负责采购和供应。

每天下午四点半，第二节大课之后，学校东门一侧的栅栏周围就会围满学生。女生都在栅栏内，男生都在栅栏外，大家隔着黑色的栏杆聊天、说笑、递送东西。有情侣努力把脸伸进两根栏杆之间狭窄的间隙，长久地接吻。瘟疫时期的爱情。

每周二下午轮到杨天乐给女生们送货，那天负责接收的就是钱潇。一来二去，两个人就熟了，发现彼此竟然是老乡。他们都来自渡城，一座距离北京不太遥远的小城。

东西送了几次，钱潇突然不再出现，每周二下午换成了钱潇的一个室友和杨天乐交接。杨天乐问了两次，对方都讳莫如深地说句"她有事"，然后提起一堆东西走了。等到再上大课，杨天乐满阶梯教室地找，也没看到钱潇的影子。

第三周，来取货的姑娘又换了一个，和杨天乐挺熟。杨天乐问她："钱潇到底什么情况？"对方有点窘，撇撇嘴吐了吐舌头："失恋啦！"杨天乐恍然大悟。

两天后的公共课上，杨天乐见到了坐在倒数第二排的钱潇。他过去打了个招呼，什么都没提。钱潇说："下周二，我去拿东西。"然后笑了笑。杨天乐看得出来，她脸色灰暗，笑得费力，用尽全部力气才把嘴角向上提了一点弧度。再到周二，钱潇像什么都没发生过一样准时出现在栅栏后面。杨天乐也像什么都不知道那样，拆开一袋薯片和她嘻嘻哈哈地聊天。

直到几年以后，钱潇去了北京，成了杨天乐的女友，她才对杨天乐提起那段避之不及的感情，提及的缘由是一场争吵。那天，杨天乐很忙，会议接连不断，当他想起看手机的时候，发现已经错过了钱潇的五个电话。他把电话打回去，钱潇一次又一次拒接。杨天乐知道钱潇生气了，但没想到她会生气到这样的程度。晚上下班回家，杨天乐第一次见识了钱潇从没有过的大发雷霆。发泄之后，钱潇坐在沙发上对杨天乐讲起了自己的那段感情经历。

她和那个男孩入学后不久就认识了。彼时，他在学生会负责社团纳新，一个劲儿希望钱潇加入文学社，钱潇百般推脱说自己对文学、诗歌什么的不感兴趣。一周后，他们又在操场上遇到，两个人一点点熟悉起来，后来走到了一起。那是钱潇的初恋。最甜蜜的时候，男孩以交换生身份去了加拿大。最初一切正常，明信片、邮件和越洋电话都很频密。他拍了很多照片，校园里的枫树还有及膝的雪，雪地上写着钱潇的名字，惹得钱潇的室友们都很嫉妒。突然间一切戛然而止，除了一封分手邮件，再无声息。没有解释，没有过渡，连两个人拉锯的过程都没有。钱潇穷尽各种办法想联系到他，但终究杳无音信。那时，钱潇还是个不谙世事的小姑娘，根本不知道该如何处理这一切。她像从云端跌落，只知道哭。哭了两周，似乎才真的还魂。从那之后到接下来几年的时间当中，这件事和那个人成了钱潇心里的一个黑洞，绝口不提。

那天，钱潇对杨天乐说："所以，我最怕一个人突然消失。别再不接我的电话，好吗？"杨天乐郑重地点点头。钱潇又问他："你不会有一天也突然消失吧？"杨天乐愣了一下，说："不会！"然后，两个人都笑了。

钱潇不像杨天乐，毕业前一心想去北京，她没什么想法，也不太知道自己想要什么，就回了老家。做着一份无聊的工作，每天被父母逼着相亲。

相亲最密集的时候，每个周末能见六个男人。到了周一，钱潇就迫不及待地在网上把周末见到的每一个奇葩相亲对象的故事讲给杨天乐听。那成了杨天乐繁重工作之余最好的调剂。两个人一起嘲讽和奚落那些相亲男的长相和性格，同仇敌忾得久了，关系就莫名地近了。也正是那时候，钱潇发现，杨天乐听得懂自己说话。她第一次清晰地知道了自己想要什么，她想和一个能听懂自己说话的人共度余生。

渐渐地，钱潇变得焦虑起来，她拒绝了一个又一个相亲对象，又说不出缘由，保持着和小城格格不入的决绝姿态，和父母的关系也愈发紧张。杨天乐清楚，在自己的故乡——那座距离北京并不遥远的城市里，人们对于一个大龄单身女孩的眼神会充满怎样的揣度、嘲讽和恶意。他鼓动钱潇来北京发展。

当时，李俊已经如愿考上了研究生，从险恶的现实世界回到了平静的校园，杨天乐也搬离了那栋最初落脚的房子。房东告诉他，决定卖掉房子，投入自己的生意。杨天乐后来总会时不时想起这个自己在北京的第一位房东。如果他当年留着那栋房子，资产恐怕已经增值许多倍，不知道他的生意到底做得如何。杨天乐搬家的时候，看了一眼多宝槅上的唐三彩，那匹马仍然无辜地站在那里，蒙受着更多的灰尘，仍然无人解救。

多年之后，一起一次又一次搬家时，杨天乐坐在打包的纸箱上，看着满头大汗的钱潇，总会想，当年自己鼓动钱潇来北京，到底有多少私心呢？他想不清楚。私心一定是有，但比例不详。毕竟那时的他对一切也还都懵懵懂懂、模模糊糊，大概有个方向，有个轮廓，但一切也可能随时飘散如烟。杨天乐觉得北京这座城市里的很多事都难以把握，也难以捉摸，比如，感情。有时，他拼尽全力想去抓住一些什么，打开手掌却发现掌心空空。有时，他从未想过的事，也会突然降临。

13

　　钱潇来到北京之初，和一个大学同学合租在簋街附近。杨天乐还住在幸福里，和另一个男生分担一个不大的两居室。

　　有时候周末，杨天乐和钱潇一起去簋街吃麻小，或者去牛街吃涮肉。他们逛三里屯，逛798，在南锣鼓巷排一个多小时的队只为买到一碗双皮奶，日子过得也挺顺畅。

　　有一天，杨天乐正在无精打采地上班，钱潇突然在MSN上问他："地震了，你感觉到了吗？"杨天乐回了一句："扯吧你就。"然后继续埋头干活。两分钟之后，他听到门外的消防楼梯上开始有匆促的脚步声，然后声音愈发密集慌乱。有同事站起来，把脑袋伸出窗户往楼下望。杨天乐也站起来跟着往下看。绿地上人头攒动，姑娘们都抱着小小的手包，耸着肩膀，男人们纷纷点烟，大家交头接耳，表情里有一点点兴奋、一丝丝恐惧和更多的不知所措。杨天乐抬手看了看表，两点半多一点。他回到座位，刷了一下网页，新闻显示："5月12日14时28分04秒，四川省汶川县发生8.0级地震，震中位于四川省汶川县映秀镇与漩口镇交界处，北纬31.01度，东经103.42度，震源深度14千米。目前，伤亡情况不详。"

当天晚上，钱潇和杨天乐一起吃饭。他们坐在饭馆门口的户外座位上，点了些烤串。饭馆门前悬挂着一台电视，循环播放着新闻。人们从废墟里被抬出来，满脸痛苦和疑惑，雨水把血从人们的身上冲刷到地上，大批担架陆陆续续地从镜头里闪过，有人躺在担架上，已经被被单蒙住了脸。烤串摊子前坐满了客人，毫无平日的喧闹，每个人都仰头看着电视，无声无息，认真又迷惑。钱潇抽了几张纸巾，偷偷抹眼泪。杨天乐抚了抚她的背，给她倒了一杯啤酒。

日子一天天过去，汶川地震的新闻还在持续，但也一点点变淡，一点点转向，从现场直击变成了救助行动，调子默默变得昂扬。公司里有人捐款，有人捐物，据说还有人请假甚至辞职去往汶川做志愿者。杨天乐和钱潇在公司里各自捐了一百块钱，像绝大多数人那样。慢慢地，这件事从生活里退潮。人们必须学会淡忘，就像之前淡忘SARS，现在，需要再一次淡忘汶川。生活要继续向前，这个时代的行进速度太快，人们没有资格缅怀。

那段时间，北京像个青春期的孩子，突然重视起了脸面，开始为自己隆重又悉心地打扮。像所有人一样，杨天乐和钱潇都隐隐感觉到，变化不只发生在地表，同样发生在地下。站在地铁车厢里，他们看见轨道交通图上，每隔几天都会多出来几条新线路。不用多久，他们就意识到，这样的翻新速度显然是为了迎接一项盛事。天气一点点变得溽热起来，等到最热的时候，奥运会开始了。

北京的奥运会让这座城市陷入了一种谜样的情绪，到处涌动着自豪、悸动和焦躁。八月八日那天晚上，杨天乐和钱潇约好去三里屯找个酒吧一起观看奥运会的开幕式。出门后却发现，所有地铁都被提前关闭，也根本打不到出租车。马路上到处都能看见焦虑的上班族站在便道上不知所措，还有拖着行李、满头大汗的商务人士撅起屁股，趴在一辆又一辆黑车的窗口询问能否把自己送到机场。杨天乐站在路边，听到一辆灰色捷达里传出了司机要价的声音，从幸福里到机场，要价一千一百块。

人们如同被困在陷阱里的小动物，无计可施。一个庞大的、具有象征意义的事件正在进行，个体的生活变得不值一提，渺小注定要为伟大让路。路旁所有小饭馆都贴出了歇业告示，他们向消费者致歉，仿佛自己真的做错了什么。平日里穿梭于路上的摩的和蹦蹦毫无踪影。这座城市被临时打扮成了一个规则、整洁但又无趣的橱窗。杨天乐和钱潇就站在橱窗中不同的地方，仰头望着同一片蓝黑色的天空。不久，烟花将升上夜幕。

杨天乐和钱潇悻悻地各自回家，一边在网上聊天，一边通过电视观看了盛大的开幕式。他们争论击缶的演员到底有没有必要如此整齐划一，怀疑腾空的大脚印到底是真是假。并且愤愤地约定，无论如何要在十八日那天请假去现场观看那场比赛——在此之前，杨天乐幸运地抽到了刘翔参加一百一十米跨栏预赛的门票。奥运会正式开幕以后，那场比赛的票一度被炒到每张八千块。

那天，钱潇和杨天乐站在鸟巢的看台上，手牵着手，一起蹦跳、欢呼，等着刘翔出场。气氛接近沸点后慢慢冷却下来，像蒸气凝成了冰凉的水滴。人们看到刘翔一脸痛苦地选择了退赛。看台上一度陷入了难以名状的气氛。就好像你酝足了感情，正要引吭高歌，突然被关停了音响。

比赛结束之后，杨天乐和钱潇随着人流慢慢走出体育场。下午，他们逛街，到处溜达，晚上一起吃饭，吃到很晚，然后打了一辆出租车，一起回到了幸福里。路上无话。他们顶着满头大汗爬上四楼。杨天乐轻悄悄地拧开门锁，确认室友已经睡着，两个人轻轻地走进了杨天乐的房间。

那张狭小的单人床，有一张坚硬的棕绷床垫和一个造型浮夸的铸铁床架。每一次动作，床架都会不耐烦地吱呀一声，如同在抱怨这张为一个人准备的床怎么能承担两个人的体重。钱潇用手扶着床头，想让声音不至于那么洪亮，但几乎无济于事。伴随着节奏不匀的吱呀声，两个人最终笑作一团。

他们搂抱着彼此，挤在那张小小的床上，没有说话。窗帘只挂了一半，天空漆黑，没有星星。远处房地产的广告牌才是夜空中永恒燃烧的星辰。四个巨大的射灯下，一排大字清晰可见："青年嘉园，二期开盘。北京新青年的最后机会。每平米仅售 34000 元。"

14

　　三个月之后，杨天乐的房子租约到期，他不再续租，转而在幸福里二区租下了一套一居室，和钱潇开始了同居生活。双方父母得知了这个消息，开始大张旗鼓地敦促他们结婚，小心翼翼地打探北京的房价，然后陷入了尴尬而持久的沉默。

　　在他们的父母看来，帮助自己唯一的孩子在北京购买一套房产，让他们得以栖身、结婚，几乎是天经地义的义务，得知价格之后，却发现想达成这个目标只能期盼神迹。杨天乐和钱潇并没觉得有什么问题和阻碍，因为周围有着太多和自己一模一样的情侣，过着几乎一模一样的生活，做着一模一样的梦，梦醒时进行着一模一样的挣扎。既然别人都可以继续向前，他们也没有理由不去相信。

　　一年多以后，杨天乐和钱潇结婚。他们回到渡城老家登记、办酒，在双方父母的坚持下租了车队，雇了摄像师，任由摆布，在婚宴现场和风尘味十足的主持人互动，给父母献茶、改口，然后和一桌又一桌根本不认识的亲戚热络地寒暄，收下一个又一个薄厚各异的红包。婚宴当晚没有闹洞房的环节，这让他们轻松不少，取消这个环节并不是因为他们的抵触和坚持，而是根本没有洞房可闹。他们不可能在老家买下一套永远不会去住的房子只为了当作结婚的道具。所以，婚宴结束，钱潇带着一脸浓妆，杨天乐顶着一头啫喱，回到了杨天乐的父母家。两天之后，他们去往日本，晃荡了一周，泡了泡温泉，逛了逛浅草，然后返回北京，回归幸福里的日常。

像所有兢兢业业的父母一样，逼成了婚，就开始催着生孩子。但杨天乐和钱潇觉得他们没办法在拥有一个稳定住所之前为人父母，他们无法想象那将是怎样一种生活。所以，在要孩子这件事上的拉锯战变成了他们和父母之间无法调和的矛盾。在电话里、过年回家的饭桌上，这个话题都被小心翼翼地回避，又被大张旗鼓地提及，最后在尴尬的沉默中偃旗息鼓。

结婚之后的几年，杨天乐和钱潇仍然在节奏不匀地搬家。幸福里一二三区，他们都住了一遍。有时候跟着中介看房，听着对方介绍，杨天乐觉得自己要是干这行能比中介的业务都熟练。

这一次搬家看房，就像之前每一次的重演。杨天乐和钱潇白天上班，晚上看房，肉身实践什么叫"疲于奔命"。在既定价格内找房子，其实挺难，能不能找到合适的房源完全看命，绝大多数房子都很破烂，但住在其中的租户都很乐得其所的样子。杨天乐和钱潇确实有点接受不了。有一天吃饭的时候，他们俩数了数，已经看了二十七套。有时候搞得中介也挺烦，有个中介对杨天乐说："杨哥，咱这是租房子，不是买，有时候差不多就行了，没必要这样挑，再说，你挑也挑不出来。"

杨天乐明白，他说得对，但问题在于他们实在没办法住在一个厨房水槽用透明胶固定、马桶和洗手盆连本来的白色都看不出来的房子里。很多房子墙皮脱落，房顶一片水渍，这房子住进去，收拾还是不收拾？涂装一遍，第二年就让你搬家，所有心血都白费；不收拾，又确实没法住。

中介那句劝慰的话其实几近真理，反映了人们的普遍心态。也就是说，无论租户还是房东，对于出租的房子其实都当过渡和凑合。房东不愿意收拾，觉得没必要增添成本。他们把这套空着的房子当成了储物间，家里不需要又舍不得扔的杂物，统统堆到这边，找点破破烂烂的柜子和床、门都生锈的冰箱，就能让中介标成全套家具家电；租户也不把这里当家，不过就是个落脚点。于是成了死循环，一个破窗理论的现实范本。房子越破，租户就越不在意地糟蹋；越糟蹋，房东就越觉得，反正也是出租，租户不懂得爱惜，等收回来自己用的时候再好好收拾，现在就爱谁谁吧。更要命的一点是，很多房东，尤其是杨天乐、钱潇他们父母那一辈人，根本没有隐私、边界和权利的概念。他们把房子租给了租户，却仍然坚定地认为那儿还是自己的家，几乎可以为所欲为。

有一次，杨天乐和钱潇在家看电视时接到了房东的电话，对方告诉他们，一个小时后会拉几个柜子放到这边的阳台上。杨天乐感到莫名其妙，和对方讲："这边没地方，摆不开啊。"这种谁都能听得出的拒绝，在房东心里却被解码成了一种对自己的着想和关心，房东语气欢快地说："没事，没事，我们会摆。"

杨天乐挂了电话，和钱潇一起陷入了难以名状的郁闷。他觉得，对方提起这个要求时，多少应该有点歉意，哪怕是表演性的歉意也好，但人家似乎根本就不会感到抱歉。也是啊，往自己家摆两个柜子，还需要跟外人道歉吗？所以说，人家打来这个电话，算是通知，根本不是商量。能做到提前通知，已经算是懂得礼节了。

房东看起来是个准时的人。一个小时之后，门铃响起。杨天乐去开门，发现房东带着几个兄弟，搬来了四个墨绿色的老式保险柜。房东冲杨天乐笑了笑："挺好的？"算是打了招呼。然后穿过客厅和卧室，径直去了阳台。他从没问过需不需要换鞋，还顺手把烟灰弹到了阳台的地面上。"那什么，把花儿给挪挪吧。"他扭过头冲着钱潇说。然后又匆匆走回门口，指挥着往屋里搬东西。

钱潇喜欢小动物，也喜欢花花草草。因为居无定所，养小动物的梦想算是搁置了，花花草草成了寄托。每到新住处，钱潇总会想办法,摆弄一些花草。她确实有能力让一个破旧的屋子瞬间焕发生机。杨天乐最初嫌麻烦,后来也乐颠颠地参与其中。因为他发现,在自己逼仄又不确定的生活中,看着植物发芽、长叶、开花、结果,是一种看得见摸得着的希望。

刚搬到这里的时候,杨天乐和钱潇去了趟宜家,买了两个花架,两个人坐在地上一点点装好。然后又去姚家园的花卉市场,买了各种植物,阳台瞬间变得不一样了。现在房东一句话,一切就被打回原形。你的生活情趣根本不值一提。你不过寄居在人家的房子里,和那些墨绿色的保险柜没太多不同。

钱潇拉着脸,不说话,她看看杨天乐,一副示威的表情。杨天乐保持着和她一样的神色,甚至还要更加凝重。但又有什么办法呢?为了这点事情拒绝房东,彻底闹翻?好像不太值得。把合同甩在他脸上,说去你妈的,我不租了。没问题啊,但是然后呢?找房子的奔波不还得自己承受吗?两个月的房租押金,真的就可以满不在乎地放弃吗?下一任房东就一定懂得尊重你的权利和隐私,不往你这里堆放柜子吗?下一任比这一任更不堪也说不准。所以,你看,几乎没得选。好像只能接纳下来。杨天乐明白,在这座城市里,自己的议价能力实在太低。这场交易根本没有平等可言,你非要寻求平等,非要维护权益不可,结果也只能是一败涂地。因为对手根本不需要和你战斗,而是有能力釜底抽薪。战斗规则都是对手制定的,可以随时修改，随意变换，而你有什么呢？

杨天乐走到阳台一端，一盆一盆地往屋里搬花。钱潇走过去，拽着他的袖口一把将他拉开，短袖Ｔ恤发出刺啦的响声，杨天乐撇撇嘴，抬手看看自己的袖子。钱潇一脸严肃，把花盆都放到地上，然后独自将铁质的花架扛到了厨房。杨天乐只能跟在后面收拾，默默无语。房东站在门口一边和哥们儿聊天，一边一根接一根地抽烟，把烟头扔在马桶里。搬完所有的花，钱潇梗着脖子看房东。房东说："行啦？"然后冲着身后的人摆摆手："搬！"

十分钟之后，四个保险柜被摞到了阳台上，高度超过两米，挡住了阳台三分之一的窗户。几个人拍拍手，掸掸衣服，一脸成就感地互相递烟。钱潇站在对面，和比自己高出两头的保险柜对峙了一会儿，问房东："这里面是什么啊？什么时候搬走啊？"房东用大拇指往后指指保险柜，得意地说："从单位弄来的。都是办公室跟财务的文件、档案啥的。丫欠我们钱知道吗？给我们上的保险，数都不对。我们找，还不理。我们给丫办公室撬了，都给丫搬过来了。什么时候给我们钱弄清楚喽，什么时候，咱给丫还回去。"说完，回头招呼几个兄弟："走吧咱，甭渗着了，不还一顿酒呢吗？哥哥说话能不算数吗？是不是这理儿？"

几个人笑着往外走，房东扭头冲杨天乐和钱潇说："回见了您，不打扰你们休息了。小屋弄得挺利索啊！"门被关上了。杨天乐看着钱潇，钱潇看着保险柜。她走到窗口，一把将窗帘拉上了。她不想再看见那些柜子，一点都不想。钱潇觉得自己感到了一种——怎么说呢——屈辱。

后来，直到他们搬家，那四个保险柜仍然被存放在阳台上。

那种屈辱感不止一次地出现过。遭遇奇葩房东并不是个例，也不是他们运气不好，这其实是一种普遍的情况。在那之后，他们还遇到过一个房东，每隔三个月交房租的时候，他都要过来"查看"一遍。这是他的原话——"查看"。就好像杨天乐和钱潇会用什么魔法把房子变没，又或者他们是恐怖分子，会把房子炸掉，至少也会把墙拆掉之类。他每次来收房租时都会像风水先生一样，从客厅到厨房，一步一挪地"查看"，表情变幻莫测，一会儿闪烁出和预判相符的得意，一会儿又显得出乎意料和迷惑不解。每一次，杨天乐跟在他身后都很好奇，这究竟能"查看"出什么呢？临走时，他还会提出一些要求、希冀和展望，比如要保持清洁，洗澡后及时擦拭墙面的水雾，等等。杨天乐心想：我做不做得到，你不也不知道吗？交房的时候有损坏，我赔你钱不就得了吗？当然，这些他都没说出口。有一次快到交房租的日子，那位房东给杨天乐打来电话说自己有事，这次来不了，转账房租的同时，麻烦他把每个房间都拍几张照片，给他"查看"。杨天乐懒得掰扯，不得已只能给他拍照片，变换了各个角度，以便拍下房子的每一个角落。他知道，那个男人是一位中学老师，对于规训他人有着近乎强迫症似的迷恋。或许在这个世界上，他能规训的人并不多，只有自己的学生和房客。

除了这些，杨天乐和钱潇还必须努力适应那些诡异的装修风格，尽量用各种补救措施让怪异的厨房和别扭的洗手间变得稍稍好用一些。他们百思不得其解，出租之前房子也都是房主自己使用的，他们是怎么忍受这些奇怪的风格和反人类的设计的呢？

这次重新找房子，杨天乐又不得不见证各种匪夷所思的装修美学：把整个房子都贴上棕色带福字壁纸的；客厅整面墙镶着巨大菩萨像的；挑高二点五米的房子挂一个带有各种垂坠饰物的吊灯，走路蹭脑袋的；还有在使用面积四十平方米的屋子里做一根罗马柱，再摆两个巨大皮沙发的……

有一天晚上，他去看房子，那是幸福里二区最靠近角落的一栋楼，单元门口潮湿得让各种蕨类植物都生机勃勃，楼道墙壁上张贴着两毫米厚的小广告。他和中介吭哧吭哧爬上了顶层，走进卧室的瞬间就震惊了。整个房顶就是一面镜子，地面被改造成了榻榻米，门口有一个摔坏了的小型粉色霓虹灯。他随手拉开旁边的衣柜，发现里面躺着两张光盘，他拿起来看了看，上面有个裸露的姑娘，一脸魅惑的表情。杨天乐站在榻榻米上，仰头看着镜子，发现旁边的中介一脸尴尬……

15

房子最终是钱潇找到的，或者说是她赶上的。在这些事情上，钱潇一直运气不错，但好运气似乎只限于此。

新房子和他们现在住的这栋楼隔着一栋，在五楼，小两口的婚房，很整洁也很干净。夫妻俩的孩子刚刚几个月，父母、阿姨要轮流帮忙照顾，这房子腾挪不开，因此决定租出去，他们搬去父母家的大房子一起住几年，等孩子上幼儿园再做打算。

房子超出他们的预算六百块钱，但钱潇看后就决定了。她给杨天乐拍了几张照片，发微信语音说了几句，就直接交了定金。签合同的时候，杨天乐也赶了过来，还假模假式地逗了逗房东家的孩子。

"您这房子，近期没有别的打算吧？不会自己还得用吧？"杨天乐问了一句。

"不会。我们在这儿根本住不开，也没人照顾孩子。"年轻妈妈一脸喜悦地说。

　　杨天乐点了点头。办完所有琐碎的手续，已经快八点半了。杨天乐和钱潇还没吃饭，他们下楼去了小区里的一家烧烤店。那家店的名字叫"80'"，右上角那一点的霓虹灯坏了，只亮着一个数字。

　　杨天乐想，老板估计和自己是同龄人，当初起这个名字的时候，一定特别自豪又牛×，现在可能知道这一代是多么傻×了。赶上了一切实验的开端，高考改革，计划生育，房价暴涨……什么都发生在这一代人身上，小时候还莫名其妙地被称为"温室里的花朵"和"小皇帝"。

　　店里的生意看起来不死不活，和店名倒是挺搭。他们俩要了点烤串和一瓶啤酒，钱潇掏出手机，又开始看韩剧，找到房子似乎让她重新回到生活的正轨。杨天乐这才想起来，已经很多天没听到煽情的音乐和欧巴的声音了。

　　他们坐在小店二楼的露台上慢慢吃着。周围雾霾深沉，露台正对着小区的中心花园。人们在雾霾里一如既往地打球、下棋、跳广场舞，时而看得清长相，时而隐没进雾气中，有如梦境。周围楼房窗子里的灯一盏盏亮起来，温存和倦怠同时升腾。这座城市每天吐纳着无数游魂，没人顾及其他个体的感受。

16

　　杨天乐记得一部美剧里有过这样的剧情：有个女孩一直心神不宁，总担心有什么事要发生，但好像又什么都不会发生，焦虑得不行。心理医生询问了她的近况之后说，这种焦虑症基本上是因为她刚刚搬完家引起的。"搬家其实属于很重大的生活变动，排在亲人去世之后。"心理医生笃定地说道。杨天乐当时觉得这话太有道理了。只有他们这些每一两年就要搬一次家的人才能明白其中的深意。

　　在旁人看来，搬家不过是给搬家公司打个电话，搬到新住处，用两三天收拾一下罢了。但实际上远非如此。

　　每次搬家，杨天乐都会对着一堆东西发呆。他不知道那些东西到底该扔掉还是该搬走。如果一股脑打包，下一次搬家还是个麻烦。很多东西看起来没什么用了：再也不会去读的书，一幅装饰画，多年前旅行、出差带回来的两个石头做的小人纪念品。它们以合适的角度躺在书架上、悬挂在墙壁上，但搬家的时候瞬间从生活情趣变成了累赘。他有时候也想彻底扔掉了事，但拿起来每一件，都会本能地想到当初购买时的情境。说到底，那些东西并不只是一个物件，而是生活痕迹和回忆的承载物。

有几张 CD 是大学时买的。为了买那几张正版唱片，他存了几个月的生活费。现在人们都用手机随便听听歌，连下载都懒得下载，但拿起那些 CD，就能想起大学懒散的时光，手中的物件也随之变得柔软起来。还有那张小小的铜版画，是他和钱潇在杭州一家小店里淘到的。如果这些可以扔掉，那生活其实可以更加利落地断舍离。可真的把一切都断舍离之后，生活就会变成光秃的骨骼，而我们愿意拥抱的，是生活的肉身。

搬家的次数多了，再逛街或者旅行想买点什么东西时，他们都会本能地想到，搬家的时候是不是会添很多麻烦？每次闪过这样的念头，都会觉得特别扫兴。这个时候就会恨恨地想，还是得买个房子。生活不就是被这些有趣的小细节支撑着走下去的吗？不然还有什么意思。

搬家打包如今对于杨天乐和钱潇来说已经驾轻就熟，早就没了最初的不知所措。他们不用说话就能配合默契，一个人抬起箱子，另一个人迅速缠绕胶带。过程中，两人通常一语不发，像流水线上的资深工人。

那几天，他们就坐在越来越多的箱子上吃饭。在箱子的缝隙中穿梭着去厨房、卧室、洗手间。

由于新家和现在的住处只隔着一栋楼，杨天乐和钱潇觉得没有必要找搬家公司折腾。小区旁边常年停着几辆面包车，车厢里的座椅被拆除了大半，挡风玻璃上插着一块纸板，上面写着"搬家送货"，几个工人钻在车里打扑克。杨天乐去问了一次价格，他们没有家具要搬，只是楼层比较高，工头看都没看他，一边恶狠狠地甩着扑克一边说："六百五啊！"杨天乐答应了。

搬家那天是个周六，早晨九点，三个师傅来了。他们陆陆续续开始干活，还挺像样子。杨天乐去新家等着，钱潇留在旧居。搬了几趟，工人们累了，坐在一个箱子上，掏出一盒烟，问杨天乐："在您这儿抽烟行吗？"杨天乐赶紧说：没问题，我也抽。说着从口袋里翻出自己的烟，给师傅们递过去。

三个工人中两个来自河南，一个来自安徽。杨天乐听他们抱怨赚钱太少，物价太高，孩子在老家上学，一年就得八千多。然后问了问这房子的房租，撇撇嘴没说话。杨天乐问工人："你们住哪儿啊？"年纪最大的那个说："就往前三四站地，李家沟那边，有一片地下室。"杨天乐点点头。他路过那里几次。一片更老的小区，周围和中央空地上生长出一个个通往地下的入口，入口上端挂一块"某某公寓"的破旧招牌。

那些地下室是曾经的防空洞、防核地堡，二十世纪六十年代冷战的产物。当年，人们费尽心思在很多城市的地下挖建了众多不见天日的备战坑道。数十年之后，用原子弹威胁彼此的国家握手言和做起了生意，那些残留下来的地堡也顺势被改头换面出各式各样的商业功能。重庆的变成了火锅店，西安的改成了夏天纳凉的棋牌室，北京的变成了"房子"。人太多，地太少，人们只能摞起来住。向天空延展的越来越贵，就开始调头往下，向地心一头扎下去。在北京，有超过一百万人居住在那些地堡里，收废品的、卖苦力的、拖家带口长年驻扎北京看病就医的、餐厅服务员，还有工作没着落的大学生……最初，人们悄无声息地居住在地下。慢慢地，他们还是被记者发现了。电视台的人扛着摄像机去拍摄，新闻和纪录片都多了起来。记者做出悲天悯人的姿态，尝试诉说这些人的苦难和坚忍。那些画面满足了居住在地面上的人们的猎奇心，同时也让居住在地下的人们暴露了行踪。渐渐地，地堡收缩，被腾清、被关闭，不再允许住人。北京是一座国际化大都市，怎么能允许有人不见天日？所以那些人只能爬出地堡，搬运起行李，迁徙到更远的地方，或者，就此离开。

工人们和杨天乐念叨，他们前两年也离开了北京一段时间，有的去了河北，有的去了天津，还回过老家，在省会待了一段时间，但是半年多又都回来了。"那些地方住得是便宜点，其实也差不多。

挣得还少呢。在北京不怕没活干，那些地方就不好说了。"一个搬家师傅摇着头说。杨天乐觉得自己和他们没有任何差别。

很快就到了中午，东西搬了一多半。杨天乐犹豫着要不要客气一下，请三个人吃顿饭。他还没说话，年纪最大的工人说："您看，是不是能给我们加点？东西太多了。"杨天乐没反应过来。"您给加两百吧，要不真没法干了，我们也辛苦，您看呢？"三个人都坐下，掏出烟，还递给杨天乐一根。杨天乐觉得自己真傻×，刚才还想着要不要请人家吃饭，人家才不跟你客气呢。他实在不想再为这些事掰扯，就答应了。工人们站起来拍拍屁股，说："我们去吃个饭，吃完马上干活。"陆续出门走了。

杨天乐坐在一个箱子上，点了一根烟。这一天阳光不错，从朝南的窗子射进来，摊在光秃秃的床垫上。楼下摇摇椅的音乐轻声传来。不知道哪栋楼里有孩子在学习古筝，弦声不断。扫弦、止音，音符连贯起来，瞬间又都乱掉，周而复始。每隔半小时，就会听到发泄式地敲砸琴弦的声响，静谧几秒钟之后，又无奈地重复起了之前的段落。

不知道是错觉还是真的有什么不可言说的磁场，杨天乐总觉得不用看日历，从外面的声音和气氛中就能判断出这一天是周末还是工作日。周六总有一种难以言传的慵懒气氛，但又说不出为什么会有这样的感受。他叼着烟狠狠抽了最后一口，走到厕所，把烟头扔进马桶。他给钱潇发了条微信："中午吃什么？""随便。"钱潇回。

　　杨天乐锁门，下楼，去旧居找钱潇。他往隔壁楼的方向溜达，一扭头，看见那几个搬家师傅正坐在一片树荫下大口吞着炒饼，每个人旁边都放着一瓶啤酒。中午，太阳正足，啤酒瓶外面均匀裹着的一层白霜一点点化作水珠，慢慢洇湿了瓶底周围的地面，他们吃得欢快，一副满足的表情。杨天乐冲他们点了点头，去隔壁饭馆买了些吃的，拎着上了楼。

　　钱潇正在扫地。上午搬家掀起了很多灰尘，地板上到处都是脚印和拖痕。钱潇小心翼翼地在几个纸箱子之间腾挪转身，拿着一把粉色的铝杆笤帚，把地面上的灰尘认真地收进一个翠绿色的塑料簸箕里。簸箕不知道是从哪儿翻找出来的，中间裂了个口子，每次拿起来，总会有一小撮灰尘顽强地挣扎回地面，钱潇就努力地再打扫一遍。

　　"你还收拾什么呢？这都搬家了。"杨天乐一边说着，一边把饭菜放到一个摞起来的纸箱上，低头看了看有没有油渗出塑料袋。钱潇愣了一下，好像突然意识到什么一样，然后下意识地挥舞了两下扫帚："嘻，那也收拾一下呗。"钱潇没扭头，似乎是在和自己做解释。

　　他们俩坐在沙发上，把箱子当桌子开始吃饭。一大早就起床收拾，一直忙到现在却一点都不觉得饿，他们只是在努力咀嚼，像完成一项任务。电话响了，杨天乐接起来。"梁姐。"他说。

"小杨，不是催你们啊，真不是催你们。我就问问，搬得怎么样了？"

"没事。正在搬，周末这两天就搬完了。"杨天乐把粘在大拇指上的一个饭粒吸进嘴里，靠在沙发上说，"我催您一下吧。您看看是不是抓紧过来一趟，把押金、水电费什么的结一下？"

"你说什么时候？"

"明天下午吧。正好周末大家都休息。四五点钟。"

"行！"语气里有一种盼望已久终于得偿所愿的欢快。

傍晚时分，所有大纸箱都搬到了新家，还剩下一些零零碎碎的东西，他们的一堆证书和证件，一点细软和首饰，杨天乐和钱潇准备第二天自己抱过去。新家需要收拾，晚上还得住在旧居。钱潇慢慢掀起铺在床上遮挡灰尘的塑料膜，整理了一下枕头，杨天乐看了看，扭头去冲澡。他们都只想快点睡觉，这一天只做了搬家这一件事，却显得如此漫长。整整一天，两人的对话没超过十句，谁都没什么心情。

躺在床上，杨天乐和钱潇各自朝着不同的方向，像一对闹翻了的括号。"明天下午，梁姐要来结押金啊。"杨天乐说。

"嗯。"钱潇应了一声。

杨天乐还想说点什么，却什么都没说出口，只努力闭上眼睛。楼下不远处的烤串摊子还热热闹闹。有两个男人在争吵，愈发激烈，谩骂、撕扯，有拳头打到身体上的声音，过了一会儿，声音被拉远，只剩下一个女孩的哭泣声。每个人都有自己的故事，也都在偷窥旁人的故事。

17

　　第二天下午四点，杨天乐和钱潇在旧居收拾最后的东西，门铃准时响起。杨天乐去开门，梁姐有点歉意地对他们笑笑，眼神有一丝游移。看得出来，这次离婚也让她心力交瘁。

　　"真不好意思啊。咱相处得一直挺愉快。真是……唉，我也没想到，弄出这么一档子事。我自己真是觉得挺不好意思的。"梁姐坐在沙发上，冲着杨天乐和钱潇说，"前一阵还多亏小杨帮忙。"

　　杨天乐皮笑肉不笑地扯动了一下嘴角："嘻，没事。怎么样，见到孩子了吗？"

　　"没有……"

　　"哦……"杨天乐也没想多问，开始让梁姐核对水表、电表的数字，给他结算押金。梁姐刚进了厨房，杨天乐就听到有人大声敲门。他走过去开门，发现苏哥站在门口，冲着杨天乐抬抬下巴，算是打过招呼，径直进了屋。他和梁姐两个人，一个站在客厅里，一个站在厨房门口，一言不发地对峙。加上杨天乐和钱潇，在那个幽暗的客厅里，一共站着四个人，拥挤又尴尬。"狭路相逢"，杨天乐脑子里突然冒出这四个字，他觉得有点喜感又有点不合时宜。

"你不是去杭州了吗？回来啦？"梁姐抬抬眉毛，冷笑道。

"哟，你挺清楚啊。"

梁姐哼了一声。

"你怎么知道我今天来这儿啊？"

"你觉得呢？"苏哥一脸得意地说，"你想干吗我还不清楚吗？我告诉你，梁雪，这房子是婚后财产，写的是你一个人的名字不代表你就能卖了它自己把钱都拿走，知道吗？"

"不知道。我就知道我想卖就卖。"梁姐说，"我问你，孩子呢？我多长时间没见过孩子了？你把孩子弄哪儿去了？"

"孩子特别好。你当初不是喊着要报警吗？报了吗？孩子你甭管，我现在问你房子。你不把房子这事说清楚了，就甭想见着孩子。"苏哥在沙发上坐下，点了一根烟，使劲把烟盒扔在茶几上。然后像突然想起什么一样，换上笑容，又拿起烟盒，冲着杨天乐抬抬手。杨天乐摇头。

杨天乐觉得自己怎么又他妈莫名其妙地陷入了这种狗血纠纷之中，而且是第二季，还就在房子交接的最后一天。他想劝劝，发现根本插不上话。他扭头看钱潇，钱潇双手抱胸，低头看着地板，两只脚来回倒换重心，一脸厌烦。

"你听听你自己说的话，苏岩，你自己听听。孩子我甭管，我不说清房子的事，你就不让我见孩子。孩子是什么？是你的人质吗？她不是你亲生的吗？你为了一套房子，可以拿自己亲生闺女当人质！啊？"梁姐开始哭。

杨天乐站在一旁，觉得真是烦透了，自己的生活总是一次又一次被他人的事莫名其妙地入侵，还毫无躲避的办法。他很想冲着他们大吼一声：都给我滚出去，这是我家，要吵找个别的地方吵。但又不行。这里已经不再是自己的家。他想干脆一走了之，爱谁谁，好像也不能。似乎就只能站在这儿，扮演一个莫名其妙的角色，以一种尴尬的身份旁观这一切发生，又束手无策。

"你甭在这儿装可怜。我告诉你，这段时间你干了什么我都一清二楚。大半夜十一点多不回家，去嘉欣园小区，你以为我不知道吗？你跟谁睡了我根本不关心，就你这样还想见孩子？"

"你少胡说八道，甭在这儿丢人。"

杨天乐和钱潇尴尬地站在旁边，他们躲开也不是，一直站着也不是。

"我不嫌丢人，都这样了，我嫌什么丢人。我告诉你，不把这房子的事说清楚，咱谁也甭想过得好。你记着啊！"苏哥恶狠狠地指着梁姐说了一句，摔上门走了。烟盒落在了茶几上。梁姐一个人在沙发上嘤嘤地哭。隔壁楼里孩子练习古筝的声音又传过来，仍然交替着无奈的演奏和暴躁的砸弦。

钱潇看了梁姐一眼，扭身进了卧室。她不想劝，也没觉得自己冷漠，这事和自己根本无关，再怎么说，自己也算是受害者，搬家的一堆事都忙乎不完，第二天还得上班，自顾不暇的时候，没心思更没资格替别人操心。

杨天乐坐在旁边，从苏哥落下的烟盒里抽出一根烟，点上。他突然想起来不久前看过的一个视频。有人在深圳街头随机采访了二十个男人和二十个女人，问他们，如果离婚，是要房子还是要孩子。女人们回答各异，男人们百分之百都选择要房子。有个人对着镜头义正词严地说："孩子没了还可以再生啊，房子没了可就再也买不起啦。"视频下面的评论里只有不到百分之十是批评这些男人的言论，其他都在盛赞他们的见地。

似乎从来没有一个时代像今天这样让人们能够如此毫无负担地宣扬自己的欲望，哪怕那欲望需要做出如此残忍的抉择。正如这天下午，杨天乐坐在小小的客厅里所见证的。他在想，苏哥和梁姐的女儿到底是什么角色？算不算是人质呢？他只见过那个小朋友一次，当时租下这所房子签合同的时候，梁姐夫妻俩还很恩爱，小朋友穿着一条质地柔软的背带裤，谨慎地看着杨天乐。等她长大之后，或许永远也不会知道，在尚且记不清事的年纪被自己的父母当人质要挟过一套房子。

看着梁姐哭得差不多了，杨天乐熄灭了烟，把合同推过去。"您签个字吧。"他说。梁姐看也没看，直接签了字，然后问杨天乐还需要付给他多少赔偿以及退还多少押金，直接用支付宝转了账。看得出来，她已经没什么心思纠缠这些细节。杨天乐把两把钥匙放在合同上，说："那行。您保重。有事打电话。"他走进卧室，钱潇正站在阳台上刷手机，他叫了一声："走吧。"

两个人走出房子，路过梁姐的时候一声没吭。从此，这所房子和他们再无瓜葛。

18

　　搬家之后总会发生一些古怪的事。比如，无论你打包的时候多么注意，搬到新家后仍然会发现，有些常用的东西找不到了，丢得莫名其妙。钱潇特别喜欢看恐怖片，尤其是那种一家人搬到一个大房子里，然后发生诡异事件的设定。杨天乐也经常跟着看。每次搬家之后找不到东西，他就会想起那些电影。他知道自己家里不会有鬼，鬼都出没在大宅子里。自己租的房子又小又破，鬼才不来。

　　在新家拆箱子重新归置东西的时候，比打包时更容易陷入某种情绪——说不清楚，只是觉得荒诞，不知道这种动荡什么时候是个头。之所以觉得荒诞，主要是有落差，预判和现实之间的落差。杨天乐有时候觉得很分裂。白天，他们都在各大商圈的高大写字楼里上班，体面地穿梭在闪烁的玻璃幕墙背后，天气好的时候可以把半个北京尽收眼底。这很容易让人产生一种幻觉，觉得这座城市中的某些部分真的属于自己，而自己也属于这座城市。但到了晚上，一切就都变了。他们被在地下运行的列车，从核心区一站又一站地向城市边缘运输。到站，钻出地面，就会回到另一种时空里。烟火升腾的摊子，穿着淘宝款衣服围坐在周围的男孩和女孩，不远处是暂时容身、随时会搬离的出租屋。这个时候也会让人产生幻觉，这座城市的任何部分都不属于自己，自己更不属于这座城市。但是，白天和晚上，注定得有一种感觉是真的。那么，到底是哪一种呢？

搬家前后的那段时间，杨天乐明白，"不属于这里"的感觉是确凿无疑的。公司里透过玻璃幕墙看到的满眼繁华都是幻象，与自己无关。可等过两个月进入短暂的平稳期，他又会觉得自己和这座城市的关系如此亲密，之前低沉的心境不过都是矫情。后来，他一点点意识到，这种情绪的反复对人的伤害很大。说到底，这种反复无常就叫"动荡"。

有一次搬完家，杨天乐和钱潇坐在一堆纸箱子之间吃饭，iPad里播放着《生活大爆炸》。看了一会儿，钱潇突然说："你说 Sheldon 和 Leonard 他们和咱都差不多大吧？他们也一直租房子，为什么就能过得那么开心呢？"他们有一搭没一搭聊了一会儿美国租房体系和中国的差别，最后发现根本没什么可比性。说着说着聊到在北京的未来。未来——他们最不愿轻易聊起的话题，在初到北京的那段日子，却是他们最愿意聊起的话题。

"你说，我们会不会一直租房子？"钱潇把一块紫菜包饭扔进嘴里，问杨天乐。

"嗯……不会吧。还是得买房子吧。"

"那什么时候买呢？什么时候才能上车？人家那车不停站啊。"钱潇说，"老家我们肯定是回不去了，这就甭想了。连过年回家都觉得别扭，更别提回去生活了。要么我们去天津，毕竟在那儿上的大学，有感情，也熟悉，还有同学。但是工作机会也就是北京的几十分之一吧。咱那几个同学在那边挣多少钱也都知道，况且房子也不便宜啊。我们过去还是一样飘。那去哪儿呢？去成都，去南京？连根拔起来，再从头开始？我们公司有个同事，去重庆一年半又回来了。"

杨天乐低头用筷子扒拉着几个米饭粒，没说话。他知道，钱潇其实没在提问，而是自说自话。最重要的是，他也回答不出什么。钱潇说的每一句话，也都是他正在想的。

"那咱们就这样待在北京。现在还凑合，假装还年轻呗。等到了四十、四十五岁呢？我们还租房子，两年搬一次家。四五十岁了，每天晚上还到处看房子吗？在公司上着班，三十多岁的房东给你打个电话说：'大哥，下个月我们不租了，麻烦您搬家。'这样的生活，咱能接受吗？要是接受不了，怎么办？去哪儿呢？那时候更哪儿都去不了了吧？"钱潇继续念叨。

杨天乐突然意识到，他们这一代人根本没有参照系。往上数，父母那辈，一切都是被动的，被安排、被分配、被改革、被下岗；比自己大的七〇后赶上了大学扩招的尾巴，一部分人还赶上了毕业分配的尾巴，之前的利益拿到了，后来开始在市场里搏杀的时候，没有了最基础的生活负担。而自己这一代，一切都不可知。没有人知道他们的未来是怎样的。他们是第一代开始自由迁徙的人，第一次遇到了中国城市化的高峰，第一次见证了房价的疯涨，他们不知道自己中年之后的生活到底是怎样的图景。他们像是登月的宇航员，自己在探索，也在被实验。

他开始觉得有点害怕。当年在大学宿舍里聊起未来时，杨天乐说最害怕的未来是一眼能看到头的未来。但现在，他最大的梦想就是真的能一眼看到头。他太渴望安定和安全了。奋斗，从旁观者的角度去看待和叙述是一回事，自己在其中被海浪翻覆是另一回事。对于这一切，他好像无从抱怨，一旦抱怨，就显得矫情。因为相比于前几代人所经历的大写的苦难，自己遭遇的无非都是零零碎碎的小写体，显得微不足道，但对于生活本身，这些具体的苦痛又怎么能是微不足道的呢？

那场对话最后变得有些凄凉，Sheldon还在插科打诨，观众在哈哈大笑，杨天乐和钱潇已经毫无心情，面对着一堆纸箱发呆。生活还是得继续，纸箱还是要拆开。即便知道，过一段时间，这一切又将被重新打包。

19

　　搬家的次数多了，他们也会慢慢被磨掉一些性子。这次搬家后，杨天乐和钱潇每天下班只收拾一点，先从厨房和卫生间的东西开始拆箱，毕竟吃喝拉撒才是最迫切的需求。当你觉得自己已经生活在上层建筑中时，生活便不期然地通过这些残忍的细节把你打回原形，让你看到真相——原来生活和贴在电线杆和过街天桥上的租房小广告一样——"可以做饭、洗澡、上网"。有时候，杨天乐走过天桥，看着遍布桥身的小广告上的这几个短语，突然间觉得，自己的生存状态就这样被粗暴地浓缩了。你无法反驳。活着，不过如此。

　　最初几年，他们刚搬完家那一段时间总会睡不好，早晨醒了会稍微愣愣神，有点恍惚自己到底在哪儿。现在好多了。杨天乐和钱潇已经适应了没有属于自己的床的生活。这一点其实挺残忍，只不过彼此心照不宣地避之不谈罢了。他们不可能带着一张床或者哪怕一张床垫从一个房子周游到另一个房子。北京的绝大多数房东会把自己所有的破烂家具当古董般珍视，不会允许你扔掉任何一件垃圾。所以，每一次搬家，他们都只能睡在一张陌生的、被不知道多少人睡过的床上。这些床垫软硬各异，沾染着陌生人的汗水、泪水和精液，有着所有漂泊者的气味。他们也将加入其中的一环，承前启后。这无数陌生人经过的床，还不像酒店的那样被悉心维护过，而一直像被嫌弃的遗物，成为人们夜晚短暂的栖身之所，见证过人们最隐秘的时刻，最终再度被弃之不顾。

想到这些时，杨天乐刚刚从钱潇身上滚下来。他躺在旁边，倦怠地点了一根烟。自己的床单和这个床垫的尺寸有点不合适，被弄得皱皱巴巴。"叫滚床单是有道理的。"杨天乐说。钱潇踢了他一脚。他在一个纸杯里倒了点水，当烟灰缸，放在床边的地上。他觉得，搬进一个陌生的房子之后，会通过一次次堆积起的生活细节与房子厮混熟悉。第一次在这里做饭、做爱、看电影、买一盆花、听到邻居吵架、听到楼下小公园的广场舞舞曲，逐渐地熟悉起来。当一切都变得不能再熟悉时，就意味着快要搬家了。

杨天乐想着这些有的没的，把烟头扔在纸杯里，嘶的一声，烟头的红点熄灭了。他看见了旁边手机上一闪一闪的小绿光。微信一直在提示，他刚才懒得看。拿起手机，发现是新房东找他："不好意思，这么晚打扰，睡了吗？方便通个电话吗？"杨天乐心里咯噔一下。

他坐起来，靠在床头，直接打了过去。钱潇也发觉了异样。歪着头问他："干吗啊？"他摆摆手，没说话，认真听着电话里的忙音。

"喂。"房东接了电话，他听到电话背景音里有乱七八糟的大声说话、谩骂、摔砸以及孩子的哭闹声。

"小杨，不好意思啊，房子我们可能得收回来。家里情况有点乱。"房间很静，钱潇在旁边已经听到了听筒里的声音。杨天乐挂了电话，两个人陷入了长久的沉默。

这是杨天乐和钱潇搬进来的第二十天。

杨天乐下床去喝水。客厅一侧的墙边整齐排列着拆开后压扁的搬家纸箱。几本书被摆放在一个五斗柜的上方，旁边靠着那幅跟随他们多年的铜版画。厨房里，碗和盘子按照大小，分门别类地码放在抽屉和柜子里，筷子插在筷筒里，旁边的挂杆上一丛铁线蕨孤独地绿着。钱潇悉心呵护的绿植也都被搬到了新家，一些在客厅，另一些已经搬去了阳台。厨房里亮着一盏橱柜下的 LED 灯，只能照亮水槽附近的区域，让一切显得温馨。杨天乐扭头看看窗外，对面楼里还有三三两两的窗户亮着灯光。他自倒了杯水，一口气喝下去，转头看看那一排纸箱。幸亏还没扔掉，正好可以用得上。他想。

20

　　房东被刚刚诞下婴儿的喜悦和混乱冲昏了头，满溢的母性激起的勇气与自信，让她高估了和长辈相处的能力，更何况生活里还突然多出了一个整天哭闹的婴儿。最初，他们把这些表面上的混乱理解为生活中的热闹和烟火气，如同三流电视剧里所说的——甜蜜的负担。但没过几天，就发现甜蜜很快就融化掉了，负担还是负担。他们搬到父母家之后的这段日子，基本上都在争吵中度过，几近崩溃。她决定给杨天乐他们赔钱了事，自己和老公带着孩子搬回来，不再和父母凑合。

　　再次见到房东的时候，她和当初签合同时判若两人。头发糟乱，脸色蜡黄。至于突然让自己搬家，杨天乐和钱潇谁也没说什么。不是因为善良，只是觉得说了也没有用。人家按照合同条款一分不少地赔给你违约金，你还能说什么呢？只不过这违约成本对于房东来说，最多不过是心疼白扔的几千块钱，对于租户来说，那通折腾可不是这一点点钱能够弥补的。房东给他们十天时间搬家，最多宽限到十五天。"真没办法。不给你们添麻烦，我们就死定了。我出来和你们谈这些事，都觉得很幸福，因为能暂时避开那一大家子人。一家老小在一块儿闹，小的一直在哭，老人带小孩的习惯又都很奇葩。我们真受不了了。"房东对杨天乐和钱潇推心置腹地说。

他们必须开始找房子，以免真的露宿街头。这次找房子的时间如此紧张，他们比以往更缺少挑选的余地。和上一次看房搬家相隔的时间又那么短，也不太可能有更令人中意的房子在这几天里突然冒出来。他们知道自己将面对的是怎样的房源，不久前那些令他们感到沮丧的房子，将再一次出现在眼前。

其实，北京不是没有好房子出租。幸福里斜对面的那个涉外小区的房子就很好，好几个明星都住在那里。最小的户型七十多平米，最大的顶层公寓是三百八十多平米的平层，租金从每月一万一到六万多不等。拿出杨天乐一个月的薪水负担房租，似乎也不是不可以，但那意味着他们得彻底下定决心不再考虑买房的事。总有专家在鼓励年轻人应该如此生活，但是专家们不会明白，那种生活方式毫无安全感可言。那种彻底豁出去的决绝状态不适用于普通人，寻求安全感是人与生俱来的本能。所以，杨天乐和钱潇还是得算计着房租，努力储蓄，幻想着有一天能在北京买下一个小小的屋子。

第三天晚上，杨天乐临时加班，钱潇只能自己去看房。中介带着她走进了一间憋闷又潮湿的屋子，一进门，她就觉得哪里有点熟悉，但又确定从没来看过这个房子。进了卧室，她看见了那个榻榻米，以及仍然斜靠在旁边的小小的霓虹灯，然后抬头看到了那面镶嵌在屋顶上的镜子。她想起来，不久前杨天乐说起过这间房子，他们还当笑话议论，没想到这个小区里还"藏龙卧凤"……这一次，钱潇又被莫名其妙地带了进去。她坐在榻榻米上，看着头顶镜子中面容疲倦的自己想：买房！必须买房！

21

　　"买房！必须买房！一天都不能耽误了。租房子根本不是人过的日子。"钱潇坐在一堆纸箱子上，盯着眼前的麻辣烫发狠，"什么租房比买房合适，什么控制房价，都胡扯淡。让他们自己试试成天到晚搬家的滋味。"他们在第十一天找到了一个房子，比较破旧，只能凑合，没有办法。

　　他们开始重新收拾东西，气氛非常糟糕。那些被压扁的纸箱又被一个个撑开，用透明胶带固定好，重新填满已经归置好的一切。为了缓解尴尬，杨天乐拿出手机打开了一个音乐 App，上面有各种推荐，他随手点了一下许巍的名字，把手机扔到一边。许巍哑着嗓子唱道："没有人会留意，这座城市的秋天，窗外阳光灿烂，我却没有温暖……"歌声沙哑又沉郁。钱潇斜着眼睛看他，眼神里的意思是：你成心的吧？杨天乐心想，连他妈音乐 App 都知道推送这么应景的歌，自己的生活得多悲催。他点了下一首。许巍继续唱："我只有两天，我从没有把握，一天用来出生，一天用来死亡……""×。"杨天乐骂了一句，把音乐关了。他们的生活没有那么诗意，他们的周末只有两天，一天用来打包，一天用来搬家。栖栖惶惶。

音乐停止，屋里变得很静，只有纸箱和地板摩擦的声音，以及撕扯和缠绕胶带的声音。那声音极其尖厉，刺啦刺啦。钱潇在沙发上的一堆衣服下摸索电视遥控器，她把电视打开，调大音量，想盖过撕扯胶带时刺耳的动静。

主持人喜气洋洋地宣布成都的一只明星大熊猫产下了两只熊猫宝宝，现在正式启动为熊猫宝宝征名活动。"您可以登录我们的新闻客户端，也可以拿出手机扫屏幕下方的二维码，发送您喜欢的熊猫宝宝的名字，和我们实时互动。"主持人做出一副亲和的表情说道。随后，新闻提示大家注意天气变化，未来二十四小时，将有短时大风和一次降雨，气温将下降八摄氏度左右。

一卷胶带用完了，杨天乐撅着屁股到处翻，还差点被脚下的一堆塑料绳绊倒，终于在茶几下找出了一卷新胶带。他一点点把胶带撕开，递给对面的钱潇："喏，先从你那边贴。"钱潇冲着电视愣神。杨天乐敲了敲他们之间的纸箱。"给你呀。"他说。"别闹别闹。"钱潇皱皱眉，有点烦躁，仍然探着脖子死盯屏幕。

杨天乐也扭头看去。一位中年女主持人站着丁字步，沉重又缓慢地说："夫妻二人离婚时因为一套房产争得不可开交，无心顾及孩子，最终导致年仅三岁多的女孩从商场四楼的围栏处摔落至负一层冰场，当场死亡。"屏幕左下角有两张涉事父母的照片，面部的马赛克欲盖弥彰。钱潇指着照片问杨天乐："这到底……是不是……啊？"杨天乐倒吸了一口气，挺直了背。

新闻里继续播放记者的调查。"事发时，一名苏姓男子正带着女儿在朝阳区一家大型商场四层的淘气堡玩耍，随后一名女子赶到现场，想要抱起孩子，但被苏姓男子拒绝，继而两人发生口角和推搡。据调查，该名女子姓梁，正是苏姓男子的妻子，两人正在商议办理离婚手续。因房产纠纷，男子长时间拒绝让女儿和妈妈见面。这一次，妈妈辗转发现了女儿和丈夫的行踪，特地赶来，没想到却酿此惨祸。"接下来，电视台播放了一段目击者用手机拍摄的视频，只有十几秒，男人跪在冰场上，厉声号叫，身体前方是一具小小的尸体，被打了厚重的马赛克，周围仍能看到一摊深红。很快，一个女人冲过来，开始撕扯男人的衣服。视频在摇摇晃晃中结束了。这段画面是从男人的侧面拍摄的，但杨天乐和钱潇不可能认错那两个人。

杨天乐站了起来，张嘴望着电视屏幕，然后低头看看钱潇。钱潇仍然呆坐在纸箱旁边，眉头紧蹙。主持人凝重地说："两个人离婚，只为了争夺一套房产，最终却酿成了不可挽回的大错。我们不禁要问，这到底是哪里出了问题呢？好。感谢您收看今天的《情理法在线》，我们明天同一时间再见。"字幕开始滚动，适时地插入了广告，一对满脸幸福的父母抱着孩子在草地上打滚，然后告诉人们，自己手里这款洗衣液可以轻易洗去那一身泥巴。钱潇深吸了一口气，一点点还魂。她抬头看看杨天乐，两人对望了几秒钟，满是疑惑和震惊。

他们站起来伸展了一下身体，各自倒了杯水，钱潇把电视的音量调低，坐在一个纸箱上，慢慢呷着水，心事重重的样子。杨天乐走到阳台，向下看，已经有树叶开始泛黄，在微风里抖动，一个小姑娘穿着粉色的小雨鞋，在一个水洼里奋力地踩踏，一脸兴奋，她的父母在一边用手机为她录下视频。

杨天乐和钱潇在各自消化这个突如其来的新闻。这消息似乎和自己没有太多关系，但好像又很紧密。毕竟就在不久前他们还在一起说过话，看着对方两个人争吵。杨天乐和钱潇有点不知道该如何处理这些信息，只是感觉到了，无常。杨天乐脑子里一直循环播放十几天前苏哥从客厅离开时的最后一句话："不把这房子的事说清楚，咱谁也甭想过得好！"原本只是一句发泄，如今却成了谶语。

接下来的那半天，杨天乐和钱潇的效率出奇地高，好像前房东家里的意外让他们觉得应该珍惜某些东西，但也不完全如此，说不清。他们花费三个小时捆扎完所有的纸箱，把它们一点点地都推到墙边，长舒一口气。

他们坐在沙发里，谁都没说话。钱潇倚在靠背上，捧着手机认真地玩"天天爱消除"，她焦虑和疲倦的时候就会这样。杨天乐点了一根烟悠悠地抽。他知道自己心里想的其实和钱潇一样，他觉得自己像一条狗，被从各处扫地出门，自己一直摇尾乞怜也并不奏效。总有专家分析说租房子的成本更低，中国一线城市的租售比如何畸形云云，但只有杨天乐和钱潇这样的人才会明白，生活这件事不只要算经济账的。经济之外的舒适程度、归属感等这些人性深处不可更改的需求是必须落实在一幢稳定的房子内的，至少对于大多数人来说如此。

现在，杨天乐想通了一件事，买衣服算是消费，但买房子不是。说到底，房子其实是一种具备居住功能的理财产品，而且是回报率极高的那一款，只不过它的认购门槛很高。买一件五百块的衣服，穿在身上，钱就消失不见了，只算把钱换成了衣服。但房子不是，你购买下来住在里面，钱还在那儿，什么时候把它卖了，钱会变得更多。这才是现实。所以说，租房子是纯粹的消费，扔钱；买房子无论花多少钱，都算得上勤俭持家，那是在理财，在投资。怎么可能租房子比买房子更合适呢？杨天乐觉得自己这么多年一直被各种专家欺骗，但也赖不着谁，如果说人家是傻×，那自己这个被傻×骗得团团转的人又算是什么呢？

连续的搬家让杨天乐和钱潇觉得，这一次，房子是非买不可了，而且事不宜迟。车是不会自己减速然后进站停靠，等待他们这样的乘客的，它只会保持加速度一直奔赴远方。他们能做的，就是自己攀上去，无论有多艰难，也无论是否危险。

22

　　"买！"杨天乐抽了最后一口烟，把烟头捻灭在面前的餐盒里。他们已经搬到了新家，东西只收拾了三分之一，这几天两个人的所有对话都围绕着买房。"我还吃着呢！"钱潇叫了一声。"啊？我以为你都吃完了。"杨天乐吓了一跳。

　　杨天乐开始收拾桌子，发现外卖餐盒的纸质包装上印着三行字："毕业时，你对兄弟说，下次开着宝马来见大家，可现在你还在吃着外卖，没事啦，还有我这个难吃的外卖陪你。"杨天乐歪歪脑袋，把盒子翻过来，另一面也有三行字："三分之一的工资拿出来，才租到一间几平米的房子，没事啦，还有我这个难吃的外卖陪你。"

　　"这写的都是什么玩意儿啊。"杨天乐把包装盒揉成一团塞进塑料袋，"创业就创业，扯什么淡啊。这家外卖以后别点了，还不够添堵的呢。"

"行了，甭说那些了。凑钱吧，从现在开始。"钱潇显然已经顾不上什么外卖不外卖了。他们直到现在也不清楚自己的收入和积蓄到底算什么水平，只知道逛商场的时候，很多喜欢的东西都会嫌贵而选择不买。虽然互相调侃财迷没有好下场，但心里清楚，不财迷的下场可能更糟。最糟的是，他们俩根本没有不财迷的资本。

两人打开手机，从银行卡到支付宝再到微信零钱，还有一些奇奇怪怪的理财 App，都翻了个遍。杨天乐起身找笔，最后从自己包里翻到一支，一笔一笔把所有积蓄记录下来。最后算了算，五十五万。按照这几天杨天乐找房子时的市场价格来看，这个小区最小的房子五十多平，这意味着差不多也需要二百六十万的总价。他们之前说起过，真要是买房的话准备公积金贷款，北京的公积金贷款上限是一百二十万，也就是说，如果不用商业贷款，他们要凑到一百四十万现金作为首付。

"不够就借。"钱潇说。他们分头给父母打电话。不然还能找谁呢？钱潇刚毕业还在渡城工作时，正巧赶上她家拆迁，拆迁款买新房不太够，以她父母的年纪又没办法办理贷款，所以买新房时就用了钱潇的名字，这样才可以办理按揭。后来的还款都是她父母去还，所以，他们手头也不宽裕。他们在电话里和父母支支吾吾半天，最后说要买房，嬉皮笑脸地问能赞助多少。两个家庭差不多一共能拿出三十五万。他们不太愿意找同学借钱，实话说，借也借不来，还会把关系搞得尴尬，同事更是不可能。北京这地方，大家都活得不易，你买房找人借钱，这不是个笑话吗。老同学们觉得你都在北京买房子了，还要找我们借钱，更像个笑话。他们算了算，无论如何也得再找一部分商业贷款。

按照北京的购房规定，首套住房，其实只需要首付百分之三十，也就是说，按照以幸福里房价预估出的总价计算，杨天乐他们只要首付差不多八十万就可以了，再加上几万块钱中介费。剩余公积金不够的部分用商贷补充就是了。他们下载了一个利率计算器，算来算去发现利息确实不低。但也没有办法，即便牺牲生活质量，也总比像流浪狗一样被人到处驱赶强得多。几年前其实只需要两成首付，要是早几年买就好了。杨天乐心想，但是没敢说出声。他觉得这一切都将将可以接受，开始有一点点开心。来北京的这些年，这几乎是他第一次和一所房子距离如此之近。

他刷了刷朋友圈，发现不久前带他看房子的中介更新了状态："人家首付是凑的，贷款是挤的，最后其实什么也没耽误。买房当然有风险，唯一的风险就是观望。"还配了一张贱嗖嗖的图。杨天乐笑了笑，点了根烟。

23

　　虽然都是看房，都是奔波，但租和买心情完全不一样。这是杨天乐最切身的感受。他和钱潇商量了一下，觉得既然是买房，离开幸福里也未尝不可。远一点，便宜一些，也值了。

　　他们开始上网搜索哪里是价格洼地，找了半天，倒是发现了好多房价里的丘陵和高山。最后，他们决定去房山看看。幸福里位于北京的正东，房山位于北京的西南，这一趟几乎要穿越整个北京城。

　　第二天一早，他们先乘地铁晃悠到军事博物馆，然后换乘九号线到达郭公庄，再换乘一次，终于坐上了房山线，最后在长阳站下了车。杨天乐看看时间，从出门到下车，历时两小时零五分钟。如果真的住在这儿，钱潇每天上下班的通勤需要近四个小时。

　　抬头看看周围，发现这里的气质和自己住了多年的幸福里迥然相异，或者说，和他原本熟悉的北京都迥然相异。他们沿着地铁线路一路往西南方向溜达，越走越发现这里不是他们熟悉的那个北京，连当地居民的方言都和听惯的京腔差着几个弯。

到了良乡往外，周围有几个新建的楼盘，巨大的条幅广告飘荡在楼体之间。杨天乐和钱潇去售楼处询问了一下，发现只要是已经成形的楼早在一年前都已售空。现在正在预售三期和四期，最早的将在一年半之后交房，目前接受排卡预订，但还不一定能交钱，要看正式开始排卡之后的情况再说。和销售人员聊过后，杨天乐发现新房排卡这件事到底如何操作，所有人都讳莫如深，甚至不是像北京车牌摇号那样全凭运气。排卡是要靠各种关系、消息和概率的化学反应，几乎不可完成。

在周围转了两个多小时，他们觉得这里虽比幸福里的单价便宜一万块，但房型基本都在一百平米左右，周围的配套和城区根本没法比。无论总价、居住的舒适程度还是上下班通勤时间，都没什么优势，于是决定放弃房山。

第二天是周日，他们决定去一趟通州。通州在东五环以外，紧邻繁华的朝阳区，但其实还是郊区和"睡城"，总有一种低调的经济适用气息。或许能在那里有所斩获。

通州马路两侧的店面招牌非红即绿，大喇叭的吆喝声此起彼伏，楼够高，路够宽，到处栽着银杏，但是有着一种难以言喻的县城气质。杨天乐和钱潇找了家中介，进去问问情况。对方很热情，给他们倒了水，问他们是租房是买房。"买房。"杨天乐说。"你们是北京户口？"杨天乐摇头。"那在通州上班？公司在通州？"杨天乐又摇头。"那你们买不了。"中介往椅背上一靠说道。

"为什么啊？""通州双重限购，您不太清楚是吧？没关注过？"中介给他们讲了一下大致的情况。不久前有传闻称，北京市政府将东迁至通州。消息一出，很多人开始拥到通州买房，这里的房价一度超过了朝阳，很快就下达了新的限购政策。在通州购房，对京籍购房者另有一套"定制"的限购条款，对于外地户口，必须满足在本区内连续纳税满三年，否则不予认定购房资格。这个原本悬挂在北京东部的睡城和郊区，突然变得举足轻重。

杨天乐和钱潇在通州溜达了一阵，吃了午饭。饭桌上决定还是回幸福里解决战斗。在网上查询和实地考察了半天后发现，幸福里的性价比并不低，他们对那里那么熟悉，看房也不必再东跑西颠，何乐不为呢？

不过，通州看房的经历给他们提了个醒，这座城市的限购条件善变又难以捉摸，像雨后的蘑菇，不知道什么时候、从什么地方就冒出一个新的，保险起见，他们还是想先找中介彻底了解一下情况，以除后患。

他们回到幸福里一区楼下的一家中介门店。客户经理问了杨天乐的户口、纳税社保情况，名下有无房产，等等，他一一做了回答。

中介说："没问题。您先把暂住证办了，等着提交材料做购房资格审查。"杨天乐这才想起来，自己来北京这么多年连暂住证都没有。他一直不知道这东西有什么用，更重要的是，他觉得那个证件像个耻辱的标记。在北京工作，在北京纳税，在北京居住，还被贴上个"暂住"的标签，办理固定电话都得预付费，算怎么回事？之前的生活一直没用到暂住证，他就根本想不起来要办，这是第一次需要用到这个证件。他嘟囔了一句："最近没时间去办啊。"中介说："没事，把您的身份证原件给我用半天，再给我四张一寸照片。我去给您办了，您不用管。办这东西其实还得需要您租的房子的房本复印件什么的，您也甭管了，我随便给您找一个复印件提交就行。办证，我们免费。"杨天乐觉得服务还挺周到。

临走的时候，杨天乐指着钱潇随口多问了一句："我太太在外地用她的名字买过一套房，这个会有影响吗？不会算二套吧？""您名下不是没房子，也没贷过款吗？那就没事，外地的房子，目前北京查不出来。"中介说。

24

　　自从下决心买房，杨天乐和钱潇就变得很投入，几乎把所有业余时间都花在了选房子上。杨天乐已经很久没有玩过游戏，钱潇也再没看过韩剧。他们觉得"在北京买房子"这件事比任何一个网游和电视剧都更刺激，也更富有戏剧性。

　　他们在手机上安装了几乎所有房产中介的 App，每个 App 都用各自的手机号注册了账号，认真标记每一个合适的房源。他们慢慢发现，和租房子相比，买房的选择余地其实更小。主要还是因为穷。即便如此，相较于为租房头疼，现在仍然是开心的。

　　在此之前的很长一段时间，杨天乐和钱潇几乎没什么交流。接连不断的搬家，再加上苏哥和梁姐家里那个让人震惊的事故，让他们觉得精神消耗很大。饭桌上经常是一个无精打采地看电视，另一个下意识地刷手机，其他时间里也都有点心不在焉。聊天也是需要心情的。

这几天，杨天乐突然意识到，筹划买房让两个人在不知不觉间心情好了很多，这几天说的话比以前一个月加起来都多。看房子让两个人变得亲密这件事确实有点奇怪，但毕竟是一件好事。他觉得很多事情似乎都在向好的方向发展。

每天晚上吃过晚饭，他们就靠在沙发上，拿着手机给对方看自己选中的房子，评论和吐槽每一条房源信息，好像能随手买下全部楼盘一样。这成了一种仪式。

他们经常看见有的房源下面写着"房主能收钱"。钱潇指给杨天乐看："还有不能收钱的吗？给钱不要吗？"两个人大笑。

"业主不收钱啊。"杨天乐打电话给房屋中介小杜，告诉对方自己要看的三套房子，每报出一套，小杜就扔给他这句话。

"什么意思啊？什么叫不收钱啊？"杨天乐有点蒙。

"就是好多业主其实是把房子挂出来探探价的，未必着急现在卖。现在这个情况，房子一天一个价，你今天卖了，没准明天涨十万，就亏了，所以人家根本不收定金。"

杨天乐这才明白，前两天和钱潇嘲笑"房主能收钱"时多么无知。他原本以为凑够了钱就能买到东西，但没想到，这想法不适用于稀缺品，比如北京的房子。即便有钱，也未必买得到，买房子根本就不是买方市场。去三四线小城买房子叫去库存，在北京买房子，那是抢资源。

杨天乐和钱潇这一代人出生在二十世纪八十年代，虽然小时候连彩电都得凭票购买，但他们的记忆中其实早就没有了稀缺的概念。在这三十年的生活中，如果非要找出一件稀缺的东西，那或许就是钱。有了钱，几乎可以买到一切——这是这一代人潜意识里的想法。但房子第一次让他们认识到什么叫真正的稀缺。杨天乐终于愿意承认，之前觉得北京房价很快就会大幅度下跌的想法多么幼稚。人们有时候总是一厢情愿地把自己美好的希冀当作现实，沉溺的时间久了，离现实就越来越远。

周二晚上，小杜给杨天乐发了条消息，说幸福里三区有一套一居，业主可以收钱，问他要不要去看看。钱潇正在洗澡，杨天乐隔着门冲她打了声招呼，直接下了楼。

几分钟后，小杜骑着电动车来了，领带被风吹到了肩膀上。房子在顶层，他们借助手机的灯光一层层攀爬。这种老小区的楼道灯每一层都不一样，有的是白炽灯，有的是一个屎黄色的灯泡，都是各层住户自己装的，通常有一半以上还是坏的。即便房子五万块钱一平米，灯仍然是坏的。

"姐！你好。我是链家的。"小杜敲了两下门，站在门口喊。一个主妇样的女人开了门，食指比画在嘴唇上，"嘘。"她说，"有孩子。"杨天乐点点头，打了招呼，穿上鞋套往里走。

这房子四十多平米，使用面积不过三十多平，所谓的客厅狭小得连双人沙发都放不下。墙壁刷成苹果绿色，一侧放着个单人小沙发，对面摆着一台电视，正在播出一部谍战剧。电视里的女人摆出宁死不屈的表情，啐了口血到敌人的脸上，悲壮的弦乐响了起来。电视上方挂一幅巨大的结婚照，照片里的女人比眼前的真人瘦两号。

　　杨天乐走到卧室，发现床上还躺着个小宝宝。杨天乐心里想，为什么每次换房子，不管是租是买，都能碰到家里有刚出生的孩子呢？

　　"您这是要换房子啊？姐。"小杜替杨天乐问房主。房主说，现在有了孩子，这房子肯定是住不开了，准备搬到天通苑去，那边虽然离市区远，生活不那么方便，但是毕竟稍稍便宜一点，添点钱能换个大一点的，没办法。杨天乐释然，明白了为什么每次换房子都会遭遇一个有新生儿的家庭。在这座城市，他能租到和买到的都是那些最普通的房子，里面住着最普通的人，在一个新生命降临之后，空间就变得局促，当他们考虑升级的时候，自己才得以像替补队员那样得到上场的机会。

　　杨天乐看了看厨房和卫生间，各处拍了几段视频，和房主告辞，下楼。晚上的天气已经有一点凉意，蚊子抓住一生中最后的机会，在人类的腿边觅食。杨天乐递给小杜一根烟，两人倚着一辆汽车，聊了起来。"杨哥，您觉得这房子怎么样？"

"客厅有点太小。卧室倒是挺大的。"杨天乐回答。

"嗯，老房子，格局都不太合理。这个小区里差不多面积的房子基本上都是这样的户型。您不是在这边住了几年了吗，情况应该也挺熟的。就这房子，三天内，准出。"小杜吐了一口烟说道，"您考虑考虑吧。跟您这么说，我们有大数据统计的，全北京现在一共有二十五万多人想要买房，但整个北京只有差不多五万套二手房在卖。这五万多套还是把所有户型都算在一起的。五个人抢一套房，价格会怎么样，您自己想。基本上现在卖房子的都是因为要换房、改善。要不然根本不会出手。"

杨天乐点点头。不远处又有人骑着电动车来了，那人从车上下来，和小杜对视一眼，没说话。杨天乐瞄了一眼对方的领带，是另一家中介。"您看。人家这房子挂了两家吧，至少是挂了两家。还不一定从哪家出呢。"小杜抽完最后一口烟，把烟头扔到地上，用脚踩灭。

杨天乐觉得买房子的经历如同一次顿悟，几天时间就能洗刷掉自己的诸多执念和偏见。在此之前，他一直认定北京房价高是因为有大规模的人炒房导致的，看了这几天的房子之后才明白，或许根本就没人炒房。外地不好说，游资或许到处流窜，但至少北京不具备这样的条件。

对于购买普通住宅的人来说，必须纳税、社保连续满五年才能具备最初的购房资格，只这一点就阻挡了众多有大笔资金但没有资格的外地投资者。更何况，外地户口在北京只能购买一套住房，北京户口最多只能购买两套，哪怕你全款也没可能多买。这样严苛的限制，怎么可能有炒作的空间呢？

　　几年前，限购条文还没出台的时候，确实有人可以囤积房子，比如杨天乐当年刚刚落脚北京的时候。他到如今仍然记得第一天来到幸福里，在楼下抽烟，抬头看见街对面新开盘的青年嘉园每平米只卖一万一。广告上那对意气风发、一脸憧憬的男女仍然历历在目。那时候，如果有人想投资，买个三套五套、十套八套都没问题，但现在早就时过境迁。对于杨天乐和钱潇来说，一切太过久远的事都和自己无关。如果再往前追溯，在二十世纪九十年代，北京的房子还三千块一平米呢，所以想那些又有什么用？再说回来，即便是当年，一万一一平米的时候，和人们手中的钱相比，房价仍然是不可企及的。很长的一段时间里，杨天乐宁愿相信新闻里的评论员和网上的牢骚与埋怨，也不愿意去正视现实。他不知道这是因为什么，或许沉溺于幻想远远比走进现实要省力气。

　　小杜要赶去见另一个客户，第二根烟没抽完就忙着和杨天乐告别，骑着电动车一溜烟蹿出去，领带又飞到了肩膀上。杨天乐溜达着往回走。晚上八点五十，初秋，周围有一种独特的静谧。小区里的水果摊子正在收摊打扫；开便民超市的一家人围坐在门前的圆桌上吃饭，有说有笑；烤串摊子前，几个人坐在一堆啤酒瓶中间，有人穿着公交司机的制服，有人穿着出租车司机的淡黄色衬衫，用京腔大声吹牛 ×。如今在北京的路上，京腔其实像一种少见的小语种了。杨天乐从这群人中间慢慢穿过去，他喜欢这样的烟火气，让人感到踏实。

25

几天之后，杨天乐和钱潇搞清楚了一件事。幸福里一二三区，晚上灯火灿烂的有几千户，但真正诚心出售的房子加在一起一共五套。其他房源挂在网上，不过是图个乐。杨天乐在电话里和中介小杜嘀咕，问他这样的情况会持续多久。

"我们其实也不喜欢这样的市场，没办法成交。市场平稳的话，这个月卖了，过俩月那套房子涨五万、八万，人家卖方也认了，毕竟早拿了钱。现在不行，这个月卖了，下个月涨二十万，哪个房主都接受不了，觉得卖早了亏得太多，所以都绷着。"小杜也很无奈，"我们嘴皮子磨破了，这边说说，那边说说，差不多了，客户和房主一见面，房主一句话，要现在交定金可以，总价再加二十万。客户扭头就走。我们怎么办？我们也挣不着佣金。我还着急自己的业绩呢。"

晚上，钱潇和杨天乐瘫在沙发上刷房源信息。"不行就换个地方看吧。这样耗下去，不是个事。"钱潇说。杨天乐点点头。

从第一天看房到现在，已经过去了一周。那些中介的 App 上，每天都会实时更新所有地域的二手房均价报价，杨天乐每天都在关注，觉得这一周以来好像没什么变化。他今天又仔细地对比了一下，发现这七天以来，幸福里小区的均价每平米悄无声息地上涨了一千块。他突然觉得有点害怕。自己手里的钱，按照首付三成计算，刚刚好，可现在车子还在加速，自己会不会又被甩脱呢？他想起小时候数学考试里的应用题，这是个典型的追击问题，自己就像那个倒霉的小明，永远在后面追汽车，要以怎样的速度和多少时间，才追得上呢？

比幸福里再远两三站地，也有几个配套很成熟的小区，其中一个叫蓝岛苑。杨天乐和钱潇觉得还不错，离地铁很近，周围也很方便。杨天乐在 App 上放大了地图仔细看，又看了看这个小区的业主评论，觉得还挺满意。他们就决定，如果幸福里的房源还是这个样子，就在那边试着找找。

"哟，你那天晚上去看的那个，卖了啊！"钱潇捧着手机，惊讶地说。杨天乐把手机拿过来一看，果然卖了。就是那个刚生了宝宝，准备搬去天通苑的一家。房源的左上角贴着一个勋章状的图标，写着"已售"，下面的售价标示：二百七十五万。比他看房时涨了十万。而距离他去看房不过七天。

他们都有点感慨。"还真这么快就卖出去了啊。"杨天乐盯着房源旁边那个已售图标说，"也不知道是不是小杜卖出去的，他那天还念叨完不成任务呢。"钱潇的手机在他手里嗡嗡地振动了两声，提示：有一条新短信。短信内容在手机屏幕上滚动：我回国了。来自一个没储存名字的号码。"谁啊，这是？"杨天乐问。"啊？"钱潇接过去，看了一眼说，"不知道啊，陌生号啊，发错了吧。行了，甭管这没用的了，赶紧找房子吧。"

之前每次租房搬家，杨天乐最烦的一件事就是总有中介没完没了地给他打电话，即便在他找到房子之后，电话仍然不绝。但这一次，电话出奇地寂静，根本没有人理他。这寂静让他有点害怕。他决定不在一棵树上吊死，得多找几棵树吊着。

他疯狂地在所有合适的房源下面都标记了看房需求，给每个房源下不同的经纪人打电话、要微信，告诉对方自己的要求，至少找了八九个不同的中介。这是他第一次希望能接到房产中介的电话。哪怕是骚扰电话。

在杨天乐疯狂标记房源的第二天，小杜在微信上给他发了一套蓝岛苑的房源信息。"杨哥，这个房子，业主靠谱收钱。"小杜发了一条消息。杨天乐赶紧告诉了钱潇，他们约定晚上七点一起去看房。杨天乐这几天的喜怒哀乐基本上取决于看房的进展，有人告诉他房主可能能收定金，他心情就会好一点；他发现了合适的房源给中介发过去，对方说房主还在犹豫，他就会变得低落。如此反复。

以前，杨天乐上班的时候也会磨洋工。这种朝九晚五的工作，换了谁都会在工作时间内多少偷点懒。吃午饭的时候，多在外面转一圈；坐在工位上走走神，偷偷看半集美剧；开会的时候，跟部门同事一起在小群里嘲讽总监和老板……但是自从开始看房子，他觉得自己的工作效率大幅度提高。开会就开会，再也不在小群里瞎扯淡，上班时间精神集中，中午休息时间全都用来查房源，临近下班前一副归心似箭的样子。杨天乐已经很久没体会过这样的感受了——混杂着充实、希望和一点点不可知带来的兴奋。

当天晚上，杨天乐和钱潇去了蓝岛苑。他们特意乘地铁去的，想看看那个小区到地铁站，步行到底需要多长时间。小杜早就在楼下等他们，跨在电动车上一副百无聊赖的样子。杨天乐和他打招呼："上次咱一块儿看的房子，就家里有个小孩、要搬去天通苑的那个，是你卖出去的吗？"

"不是我呢。是从我们店里走的，别人的客户。佣金没我半毛钱的事啊。"小杜说着拔了电动车的钥匙，和杨天乐他们一起上楼。

蓝岛苑的房龄比幸福里要新八到十年，楼道里的小广告少得多，地面上铺着瓷砖，声控灯大都可以亮起来。房子在五楼。"租户在住。"小杜边金鸡独立地穿鞋套，边对杨天乐和钱潇说。

来开门的是位老人，六七十岁，乐呵呵地邀请他们进屋。沙发上坐着小两口，正陪着一个刚会走路的小姑娘看动画片。钱潇走过去，蹲下，逗小姑娘："你几岁啦？"小姑娘笑着露出两颗牙，努力掰着手指头。年轻的妈妈在旁边笑："你告诉阿姨，两岁了。"爸爸站起来，一脸不耐烦："快点看房吧，一会儿我们该睡觉了。"杨天乐看看他，笑了笑，没说话。他能理解这个男人的怨怒。他想，如果自己不买房，三五年之后也是这个样子。和孩子、老人一起住在一套租来的房子里，每隔一段时间就拖家带口地搬家，孩子大哭，老人叹气，自己则陷入一次又一次阶段性的沮丧。

杨天乐走进卧室，房间不大，窗户上方用两颗钉子固定了一根铁丝，悬挂着薄薄的窗帘。客厅倒是挺方正，连着一个小小的阳台，厨房里正在炖着一锅鸡汤，香味浓郁。"吃饭了吗？"老人手足无措地站在厨房门口，笑着问他们。钱潇赶紧说："吃过了，吃过了。"杨天乐回头，看见男人仍然双手抱胸，一脸敌意地看着自己。

他们告辞，下楼。小杜说，房子业主确实想卖，但是目前人没在北京，周末就能回来。如果觉得还行，可以先交一笔意向金。意向金，其实有点像饭馆等位时的号码，房主收定金的时候，按照交意向金的顺序和买方一个个洽谈，第一个人没谈妥，才能轮到第二个。这笔钱无论最后成交与否，都能原数退回。这几天看房的经验告诉杨天乐，所谓的"房主不在北京"不知真假，或许只是房主不太想卖又有点犹豫的托词，但他们还是决定交这笔意向金，用一万块钱换来第一个洽谈的资格。

他们去附近的一家门店办了交款手续。小杜送杨天乐出门："周末和房主约好时间，我提前通知您。您放心，咱是第一个。这房子就签了我们家,别的中介也没挂。"杨天乐点点头,和钱潇打车回了家。

　　除了等待，他们并没有什么其他办法。等待房主下定决心，等待出现新的、更合适的房源，等待别的中介给自己打来电话。

26

　　杨天乐接到一个福建口音的电话。作为一个福建人，小高的普通话算很好了，二十出头已经是我爱我家蓝岛苑店的店长。

　　杨天乐那天下午去合作方的工厂查看物料情况，提前下班后直接去了蓝岛苑。天还没黑，等租户到家前的那一小段时间，小高带着杨天乐在蓝岛苑周围转了一圈，介绍了一下小区的整体情况，地铁、菜市场、饭馆，一一指给他。"旁边是个大学的附小。虽然说这学校和西城的没法比啊，但是在朝阳区也算排得上号的了。"他说，"周边配套有学校这是个加分项，不管您现在需不需要，以后卖的时候好出手，这个您得考虑。以后有了孩子，无论换不换房子，周围有学校，都挺重要的。"

　　杨天乐觉得这个小兄弟挺踏实。

　　小高带着杨天乐去看的是套两居室，小两口租着，养了一条狗，在笼子里对着杨天乐不友好地叫了几声后决定暂且按兵不动。屋里陈设很简单，一张宜家的木板桌上摆着两杯红酒。杨天乐脑子里瞬间飘过一句话："房子是租来的，但生活不是。"出门后就觉得那句话纯属扯淡。房子是租来的，一切就都是租来的。这才是真相。这对小两口很快就顾不上喝红酒了，因为房子快被卖了，他们马上就得搬家滚蛋。

　　房子在一楼，窗子对着快速路，晚上很吵，因此售价比小区均价低一点。杨天乐坐在中介门店门口和小高抽烟，说考虑考虑，但确实不太想要一楼，私密性差，又那么吵，夏天可能还会返潮。小高也点头，说再找找看，然后有一搭没一搭地聊着市场行情。夜幕一点点升上来。

　　突然，店里传出来一声凄惨的哭声。杨天乐吓了一跳，扭头看到一个姑娘披散着头发大哭着从椅子上瘫坐到地上。那声音惨绝人寰。店里的几个中介都奔过去劝她，想把她扶起来，又都束手无策。

　　"什么情况这是？"杨天乐问小高。

　　"嗐，这姐在我们这附近看房子快一个月了，没有合适的。手里就那点钱，眼看着房子十万二十万地涨，从稍微够得着涨到真的买不起。这次首付怕是真的不够了。"小高叹了口气，把烟头弹出去，那微小的火光在夜晚蓝黑灰的背景里画出一道闪亮的弧线。杨天乐突然有点悚然，下意识地盯着姑娘的背影想，一个月后，如果真的买不到房子，钱潇不会变成这样吧。

他又坐了一会儿，直到把手里的烟抽完，和小高交代了一下自己的要求，然后准备乘地铁回家。临走时，回头瞥见那个刚才大哭的姑娘正躺在沙发上，一动不动。茶几上摆着一个纸杯。周围，中介们都在各忙各的，有的在复印资料，有的在接打电话。没有人再去留意那个绝望的女孩。

杨天乐钻出地铁站，慢慢往家里溜达。路过楼下不远处一家成都小吃的时候往里看了看，人不太多，正考虑着要不要买点吃的带上楼，斜后方的黑影里突然蹿出一个人。"小杨啊！"那人跳到他面前叫他。杨天乐一愣，本能地往后退。男人头发糟乱，盖到了下巴，鼻子和嘴唇上有几块乌黑，穿着一件看不出原色的衬衫，右边的袖子撕开了一个大口子。他不顾杨天乐皱着的眉头，笑嘻嘻地说："我还找你呢！你看见我闺女了吗？"眼神里却有邪光。

杨天乐就着饭馆门廊的灯仔细看了看，觉得手臂上的汗毛都立了起来。"苏哥……你女儿不是……"杨天乐有点不知道该说什么。

"孩子她妈把孩子带走啦，不让我见了。上次我带孩子去商场玩，她妈赶过去给抢走啦，我再也没见着啦。给你看看这个！"苏哥伸手把一部满是划痕的手机递到杨天乐眼前，"你看看，我闺女，这弹钢琴呢，这是跳舞。跳得多好啊，你看看这个，是不是？"他的手机里存了很多小姑娘唱歌跳舞的照片和视频，每个视频里的孩子都不一样，显然是从网上各处下载的。

杨天乐越来越害怕，他后退两步说："苏哥……那个……"他想酝酿几句话应付场面，脑子却在短路。正尴尬时，苏哥晃晃悠悠地走开了。"不让我见啦，不让我见啦。"一边走，一边念叨。杨天乐转身，看着他的背影一点点隐没在黑暗里。旁边的水果店老板娘看着他走过去，一脸厌恶地吐着瓜子皮。

杨天乐上楼，进门，发现钱潇已经到家，才想起来刚才惊魂未定忘了买晚饭。和钱潇念叨过刚才的遭遇后，钱潇大惊失色，说："我这两天下班看见那个人好几回。拿个手机，到处让人看，对吧？我以为是个不知道什么地方跑来的疯子，就一直躲着走，没想到会是……"两个人沉默了一会儿，叹了口气。一个好端端的人，变成了疯癫的游魂。他们随便做了点吃的，吃饭时，杨天乐说起傍晚在中介门店看到的那个号啕大哭的姑娘。钱潇没说话，半是同情半是无奈地点了点头。

吃完饭，钱潇刷碗，杨天乐倚在沙发上刷手机，发现小高发了条朋友圈："下午店里一个客户眼看着手里的钱越来越不值钱，马上就买不到房子了号啕大哭，我也挺心酸。唉。"杨天乐顺手点了个赞。把手机扔到一边，准备去洗澡，又觉得好像点赞有点不妥，便又拿起手机把那个赞撤销了。

他在莲蓬头下冲着热水，心想，如果是两周前看到哪个中介说出刚才朋友圈里的话，他一定会觉得是为了让人买房子故意制造恐慌的伎俩。现在亲眼见过，才明白什么是真实的。中介总不能雇那么多群演，每天坐在店里制造紧张气氛骗客户吧。他觉得买房子这件事正在悄悄改变自己的很多想法。

27

电话是从那个周三多起来的。

那天，杨天乐还挺忙，电话上的微信提示一直闪烁不停。到了中午，他才有时间认真地看。四五个中介都在问他："哥，在吗？"他一一回复，问了所有情况之后，约定当天晚上去看两套幸福里的房子。至于对应的中介是谁，杨天乐已经彻底分不清了。很多新的中介主动加了他的微信，他来者不拒，谁加都通过，他只担心骚扰来得还不够猛烈。

以前，他在下班路上从不着急，地铁里排队的人多就等下一趟。这几天，他在地铁站的人缝里钻来钻去，生怕晚一分钟。他突然觉得，一旦有一个重要的目标在前面等着，过程中的一切都显得无足轻重、不值一提。

他刚按照约定时间到幸福里一区链家门店门口，黄英就迎了出来，是个女孩，穿着工装，戴着黑框眼镜，梳着马尾，一脸特别努力的表情。"杨哥，里面坐一会儿。"她说。

杨天乐走进去，发现店里百分之八十都是女孩。他心想，这个工作对于女孩来说可能过于辛苦了。但这些姑娘好像没觉得辛苦，她们的脸上都有一种独特的坚忍。

职业是能塑造甚至改造一个人的，从事一行足够久，就能从他们身上看到那些隐秘的痕迹。比如，你坐在地铁上远远地看到一个人，就知道那人是做微商的。过一会儿，他就会踱步到你的面前，露出六颗牙齿说："您好，我现在自己创业，能不能支持一下扫个码呢帅哥？"这样的感受几乎从未出过差错。

这段时间，杨天乐觉得，在任何场所，就算那些房产中介脱掉劣质西装和皱皱巴巴印着公司 logo 的领带，他也能一眼认出，就像孙悟空认出白骨精。在中介工作的男孩大都虚胖或者枯干，那是长期作息不规律的结果；女孩大都不漂亮，眼神里有苦相和不甘。如果说在气质上，这群人有什么共通点的话，那就是一种混搭着疏离、倦怠和亢奋的奇特神情。杨天乐看着屋子里那些努力打电话的姑娘，觉得有些羞愧，他和钱潇经常抱怨工作人累，但真正累的那群人根本就没有精力抱怨自己的辛苦。

"咱一会儿去看两套房子，一套是业主住着，母女俩；另一套呢，现在是租户在住，出门买菜了，稍等一会儿，等他们回来咱就过去。

两套挨着看，省得在外面等。"黄英给杨天乐端来一纸杯温水。杨天乐百无聊赖地坐着。三个中介坐在前台刷着手机，背后张贴着宣传语和为大家服务的广告：无论是否是客户，都可以免费给手机充电，免费领取雨具，免费打印和复印，免费使用洗手间。除了业务员那身怎么看怎么廉价的西装，如今的中介公司已经很有逼格。他想起几年前来北京不久，有一次签完租房合同和中介闲聊，那人最后毫不经意地说："我是北航毕业的。"杨天乐吓了一跳。如今，这样的中介员工或许更多吧，他想。

"走吧。"黄英走过来说。杨天乐知道那栋楼的位置，径直往前走。黄英在背后叫他："我带你吧。"她推了一辆电动车。杨天乐一愣。"我一个大老爷们儿坐你小电动车后座上啊？"他笑着说。

"没事，我们每天都这样带客户。"黄英笑道，"您会骑这车吗？要不您带我？"杨天乐摇头，他突然意识到自己除了公司里那份半吊子策划和运营的工作之外，真的一无所长。"那上来吧。"黄英洒脱地说。一个微胖界直男屈腿坐在一辆破旧的电动车的后座上，被一个小他两号的中介姑娘带着。路上他一直低着头。

到楼下停车的时候，黄英的电话响了，另一个客户打来的。黄英一直在客气地向对方承诺着什么。挂电话的时候，杨天乐看见手机屏保是两个白光凛冽的大字——努力。

上到三楼，黄英对着那条打开的窄窄门缝说："阿姨。打扰您吃饭了。"声音里有种表演性的甜腻和过分的卑微。杨天乐走进去，在狭窄的客厅里看了看，向卧室里走。一个姑娘突然从床上站起来，朝他迎面走来，杨天乐吓了一跳，觉得什么地方不太对劲，本能地多看了两眼。退到开着灯的客厅里，姑娘和杨天乐都站定，杨天乐才发现对方的两只眼睛同时望向不同的方向。他意识到，这个姑娘有些智力上的问题，站在一旁的妈妈好像也有一点游移。他努力让自己沉着下来，显得不那么失态，假借着去厨房，避开了尴尬，然后对黄英说："好，那就先这样？"便急匆匆出了房门。对于杨天乐来说，买房子是件大事，他禁不起闪失，和这样的房主交易，让人不太放心。更何况，房子总体朝北，几乎见不到什么阳光。

下了楼，他们准备直接奔赴第二处要看的房子。黄英接了个同事的电话，对方跟她说，一会儿还有一拨客户也要去看同一所房子。黄英答应了一声，催杨天乐赶紧上车。杨天乐又一次跨坐在电动车的后座上，手尴尬地搭在黄英的肩膀上，奔赴现场。到了门口，杨天乐问了门牌号，想帮黄英按门禁。刚抬起手来，就被黄英一把拽了回去。

"怎么了？"杨天乐吓了一跳，"不是着急吗？"

"等会儿，等下一拨客户到了，咱一块儿上去。"黄英说。

"为什么啊？"杨天乐有点蒙。

"这家现在是租户住着，业主肯定会问租户，来看房的多不多啊之类的。咱要是一拨一拨分着去看，业主知道市场好，就会涨价。等第二拨客户来了，咱一块儿上去，租户就以为只有一拨看房的。明白了吗？"黄英一副很为杨天乐着想的语气。

杨天乐点点头，心想，各种心机和门道啊。过了十分钟，第二拨客户也到了。大家浩浩荡荡地上楼，进屋，各自闷头看房，互不搭理。那房子一家三代住着，老奶奶看起来很和蔼，说了很多房子的好话，男女主人就显得冷淡很多。杨天乐很理解，上了一天班，好不容易回到家，还得帮房东接待来看房的客户，谁会高兴呢？

房子不错，杨天乐有点动心。他把拍的照片给钱潇发过去，说了一下自己的想法。钱潇也觉得靠谱，跟他商量是不是有必要下了班也过来看看。

回到店里，黄英给杨天乐倒了杯水，坐下给他算税费。黄英说，房子确实不错，但有个问题，这房子不是房主的唯一住房。税费很高。杨天乐第一次知道，在北京复杂的房地产税费系统中，有如此多细分的品种。不同性质的土地上盖起来的房子，在出售和购买的时候，也会产生不一样的税费。按照房屋本身的持有状况分为满五不唯一、满二不唯一、满二唯一……根据土地性质又分为经适房、两限房、普通商品房、别墅用地、商业用地……更致命的是，无论哪一种情况，产生的所有税费都由买方承担。所有这些复杂的情况中，对买家最有利的是房子符合"满五唯一"。意思是说，房子的上次交易到现在已经满五年，而且是房主的唯一一套住房。这种情况只需要缴纳百分之一的契税。

"房主在考虑是不是离婚，办个假离婚就可以变成唯一了。"黄英一脸憧憬地对杨天乐说，"我和房主讲了，现在这个价格加上税费，比市场价高不少，没什么竞争力。房主正在考虑。"杨天乐微微笑了笑，心里想，原来不光是买房的需要假离婚，就算有房子想卖房也得假离婚。他突然生出一点古怪的心理平衡。

28

回到家已经八点多了。天空从傍晚开始就一直阴沉。进门之后，杨天乐扒拉了几口饭，和钱潇闲聊。手机响了，是蓝岛苑的中介小高，那个他觉得挺机灵、挺靠谱的福建小伙子。"杨哥，刚出了一套房子，我第一时间给您打电话。您赶紧来一趟，反正也不远。"杨天乐答应了，问钱潇是不是一起去。钱潇正在厨房收拾，手上都是洗涤液的泡沫，她夹着手想了想，杨天乐说："算了，我先去看吧，要不咱俩还得一人跟一辆电动车，挺奇怪的。"钱潇笑了一下，说："没事。"

他们奔到楼下，坐上出租车才想起来忘了带伞。到了蓝岛苑，杨天乐按照小高发给他的手机定位一点点找，虽然之前来转过一圈，但还是不熟，天又已经黑了，小区的路曲里拐弯的，越绕越不清楚。走了二十分钟才找到那栋楼。小高正坐在楼栋门口抽烟。

"这房子还没录入我们系统呢，下午刚来登记的。我一看，赶紧给您打电话。"小高递给杨天乐一根烟，"房主马上回来。"他们坐在两栋楼之间的一个破沙发上，默默抽烟，钱潇站在一旁刷手机，没人说话，路灯的光晕笼在他们身上。这座城市很奇怪，很多旧小区里都摆放或者说散落着很多旧沙发，不知道它们被谁丢弃，又被谁捡起安放在一些不起眼的角落里，老人们坐在上面下棋、打牌或者发呆。沙发上容留着很多无所事事的人、疲惫的人，像这座坚硬城市里一块意外的柔软。

房主回来了，一个中年女人，抱着一堆盒子，手腕上挂个塑料袋。杨天乐觉得所有中年女人长得都差不多，言谈举止、行动坐卧都一个样。小高迎上去，对方愣了一下，然后才想起来，把他们一行人让进屋。

是个两居室，但只有五十多平，房主的儿子在自己的房间里玩游戏。杨天乐走进去的时候，孩子仍然戴着耳机盯着屏幕，手指翻飞。除了在一楼，其他情况倒是都不错。

小高问房主："这房子您现在能收定金吗？""能啊。"大姐痛快地说。

"房本是您一个人的名字吧？"小高问。

"是我们老爷子的名字。"大姐倚着墙说。

"哟，那您要不问问老人的意思？"

"没事啊，没问题。"

"您打个电话，要是没问题，咱聊聊定金的事。"小高回头看了杨天乐一眼。杨天乐和钱潇在一旁等着。大姐磨叽了一会儿，拨通了电话。说了情况后，电话那端的声音陡然提高："你卖房干什么呢？谁让你卖了？你不就是怕这房子要给你姐吗？"房主大姐突然有点尴尬，没抬头，撇着嘴，低着眉眼走进了厨房。

杨天乐和钱潇一起看着小高，小高叹了口气。过了一会儿，大姐挂了电话走出来，冲着小高说："我们再商量商量，给你打电话。"

出了房间，打开楼门，外面已经下起了雨。他们又退回到楼道里，杨天乐和小高开始抽烟，钱潇坐在一辆自行车上刷着手机，准备避避雨再走。但是雨越下越大，雷声和风声愈发嚣张。三个人有一搭没一搭地闲聊。小高问起他们的工作，点点头表示羡慕："我们这工作也没个休息日，干几年就干不动了。"小高说着，随口又问："对了，您这贷款只贷公积金是吧？"杨天乐说可能不够，还得贷一部分商贷，首付只能交最低的。小高又问了问他们名下是否拥有过住房，是否有过其他贷款。得知钱潇用自己的名字在外地贷款买过一套房之后，他皱着眉头对杨天乐说："您还是上公积金网站查一下，看看能贷到多少钱吧。我觉得啊……"

"怎么了？还有可能贷不到那么多是吗？"杨天乐有点紧张。

"嗯。您之前没说姐这个情况啊。"

"我和你们店里的另一个小孩说了啊。之前一个小伙子帮我办暂住证，我还特意问了这个情况。他说外地的房子查不出来。"

"他们可能不太懂。因为不是只查房子的问题，涉及银行，银行是联网的。您赶紧查吧。"小高说。

杨天乐看了钱潇一眼，看到了某种慌乱，他觉得自己眼中或许有着更深重的慌乱。

雨还是不停。

29

　　杨天乐和钱潇坐在电脑前，认真看了一遍公积金查询网站上需要填写的各项信息要求。杨天乐一位一位数字核对着，小心翼翼地把建行卡的卡号输入进去，一项一项勾选下面的选项。已婚，配偶使用过公积金，公积金类型：外地开户……弹出一个选项：请点击查询可贷款数额。杨天乐看了钱潇一眼，钱潇伸手点了回车。

　　"您的条件不符合使用公积金贷款。"一行红字。

　　杨天乐不知道自己沉默了多久，直到钱潇摇晃他的肩膀。他下意识地拨了小高的电话，拨通才想起来已经夜里十一点了。对方接了，声音很嘈杂。杨天乐道歉，说这么晚打扰。小高说没事，店里团建，还在吃火锅。

　　杨天乐说了情况。小高也很着急上心的样子，让杨天乐把账号和个人信息给他发过去。杨天乐挂了电话犹豫了一下。钱潇说，钱他又取不出来，发吧。杨天乐发了过去。半小时后，小高发来一条消息："您确实用不了。而且现在这个情况，要是使用商贷，房子算二套，贷款利率也算二套，确实高不少。姐那边贷款没还完，可能还影响商贷额度。"

杨天乐坐在电脑前开始抽烟，一根接一根，觉得一切都处于恍惚之中。他好像能听见钱潇在跟自己说话，但又好像隔着一个厚厚的玻璃罩子。钱潇晃了晃他："睡觉。明天不上班了？又不是不能买了。大不了就全部走商贷。利率高就高。"钱潇说着往卧室走，杨天乐也站起来紧随其后。

钱潇关了灯，留杨天乐一个人靠在床头在黑暗中看手机。他下意识地刷朋友圈，有人自拍，有人卖货，大家好像都过得红红火火，但一切都和自己无关。他突然看到前几天加过的一个中介发了条朋友圈：北京重磅限购政策落地。杨天乐皱了皱眉头，坐起来躬身细看。晚上七点四十分突然发布房地产调控政策，北京首套住房首付比例调至百分之三十五，二套住房首付最低百分之五十，一百四十平米以上住房最低首付七成。

杨天乐觉得血往上涌。他突然想起了在中介门店里看到的那个失声痛哭的女孩，终于明白了眼看着自己手里的钱再也够不着首付，是一种怎样的体验。他推了推钱潇，把手机递给她。钱潇好像感觉到了什么，没说话，拿过手机认真地看。一片黑暗里，屏幕的光映在她脸上，杨天乐能看到她也皱起了眉头。

　　在中介的经验里，如果房子只写杨天乐的名字，只用公积金贷款，应该查不到钱潇在外地名下的那套房子。问题在于这条路被封死了，他们需要使用商业贷款。这样一来，银行一定会看到曾经的贷款记录，所以即便用杨天乐的名字购买，房子也仍然算二套。虽然不影响购房资格，但按照刚颁布的新政执行，首付比例高出了百分之十五。对于勉强凑够首付的杨天乐和钱潇来说，这属于晴天霹雳。杨天乐真的不明白这种限购加码的意义何在，对于有钱人来说，增长的一点点首付不值一提，但对于绝大多数刚需而言，在房款总价基数那么大的情况下，百分之一都是很大一笔钱。难道钱是飞来的吗？杨天乐靠在床头想，更不要提自己还要负担那么多商贷的利息。

　　电话突然响了。杨天乐接起来。"睡了吗，哥？"传来小高的声音。"没事，你说。""您明天有时间的话，赶紧去银行查查自己的征信。这个很重要，涉及您商贷到底能贷到多少钱。姐不是说在外地用过贷款吗，这个配偶的记录应该是能查得到的，可能有点麻烦，您还是早做准备。"小高说，"那个限购新政，您看到了吧？"杨天乐应了一声。

　　这天晚上，杨天乐不知道自己到底是睡着了还是一直醒着，也不知道脑子里翻来覆去的那些事到底是在做梦还是自己真的一直在琢磨。早晨起床，他觉得比通宵工作还累，但还是得照常上班，还是得装作若无其事的样子。

中午休息的时候，杨天乐连饭也没顾得上吃，直接奔去银行。站在机器面前，把脸对准扫描仪，绿色的网格一点点扫过他的脸，他看见自己浮肿的眼皮，以及眼睛下面的两团青黑。三十秒之后，自己那副悲壮的、即将面临审判的表情全然被复制到了屏幕上。机器吐出四页纸。他坐在旁边的金属椅子上一行一行地看，配偶信息一栏，明确显示着外地的购房贷款记录。

30

　　"您这个情况，明确地是算二套。但是因为房产记录在外地，所以您在北京是有资格购买房子的。就是首付比例和贷款利率都按照二套来算。"当天晚上，坐在中介的门店里，小高拿着那四页征信信息对杨天乐解释。

　　聊到挺晚杨天乐才回了家，把最新的信息转述给钱潇。两个人都有点恹恹的，心里盘算着首付要多花多少钱，贷款利率要上浮多少倍。这瞬间多出来的钱还完全没有着落。完全没有。

　　杨天乐觉得这一切像个玩笑。有人拿着房产证在他面前晃了一晃，让他觉得这一次总算近在咫尺。当他伸手去拿，那张红色的证书突然被绳子拉远了一寸，他去追，它却更远了，一点一点即将消失不见。到底是谁在牵着那根绳子，他不知道。人类一思考，上帝就发笑。正如蝼蚁对"神明"无可揣测。

杨天乐在家里根本坐不住，决定给小高打个电话，询问有什么解决方案。他开了免提，让钱潇一起听。

　　"小高。我们手里的钱一直是按照三成首付算的，也确实凑不出更多的钱了。现在这个情况，确实没辙了，到底有没有什么办法能解决啊？"

　　"嗐，其实没什么事，杨哥。您这个情况不是不能解决。"小高说，"我们这儿有人过生日，外面撸串呢。我手机马上没电了，明天一早上班给您打过去说啊。您别着急，大晚上的，着急也什么都办不了。明天说，什么都不耽误。"

　　"别别，别明天一早了。你在哪儿呢？"

　　"啊？"

　　"我过去找你。在哪儿呢你们？"

　　"真不至于的，杨哥。"小高笑笑说，"就我们店后面，有个望京小腰，您知道吗？从那挺窄的小胡同拐进来。"

　　"你等着，我这就去。"杨天乐挂了电话，抬头看看钱潇。"我也去。"钱潇扭身去换衣服。

　　深夜十一点，北京街头的车仍然不少，只不过井然有序了很多，不再有谩骂一样的喇叭声。杨天乐和钱潇打车从快速路直接绕去了小高的门店。他们下车找了一会儿，发现了那条小胡同。小高坐在烤串摊子前冲他们挥手。这家店的招牌是一块钉在墙上的塑料布，面貌可疑。

"坐坐，杨哥，姐。吃点吧？"小高从旁边拽过来两把椅子，座位和靠背都闪着油光。

"不吃了，不吃了。"杨天乐摆摆手，"你们吃吧，打扰你们了。"周围几个人笑着说没事没事。他们都穿着一样的衬衫，打着一样的领带。

小高拿过来两个塑料杯子，给杨天乐和钱潇每人倒了杯啤酒。

"您太着急。其实，您这情况根本没什么啊。"小高说。

"那你说，我们这该怎么弄？钱确实凑不齐啊。"

"您的钱够！"

"怎么会呢？"

"那我就直说啊，杨哥。"小高转过身，看了一眼钱潇说，"您和姐办个假离婚，只要你们不忌讳。办了，用杨哥你自己的名字买，首套，妥妥的，公积金贷款，一点问题没有。首付也够了，利率也低了。买完再复婚呗。"小高一副大大咧咧的语气。

杨天乐扭头看看钱潇，钱潇深吸了一口气。杨天乐突然觉得这一切都像是宿命的迷宫，终于还是没绕开离婚买房这一步。他以前觉得，这些事只是存在于新闻里，属于别人的故事，确实没想到，自己有一天真的会走到这一步。

就在几个月前，他和钱潇吃饭时还因为别人离婚买房的新闻拌过几句嘴。也正是那天，他接到房东的电话，开始了新一轮匆忙的搬家。现在想想，一切恍若隔世。

"我这么说吧。现在北京各种限购政策，刚需的还是刚需，怎么办？不都得离婚买吗？做我们这一行的都知道，每天要接待好几对这样离婚买房的。为了孩子上学，对吧？为了换个大房子，对吧？要不您说怎么办？"小高喝了一口啤酒，笑笑说，"我再和您说个事。您这是假离婚买房，夫妻俩都知根知底，我们这儿还有假结婚买房的呢！"

杨天乐抬头看看小高，发现他正看着旁边的一个同事笑。那个同事是个胖子，头发刮得几乎全光，袖子卷到手肘，正认真地啃着一个鸡翅。"看我干吗啊？干吗啊？"胖子盯着小高。

"你跟人家说说吧。杨哥不是外人，没什么不好意思的。给人家介绍一下经验。"

胖子看着杨天乐笑笑说："不是不好意思啊，这有什么不好意思的。您说是不是？"听胖子一口京片子，杨天乐问："您是北京人？"

"那可不。正经老北京啊咱。小时候前门楼子底下长大的。拆迁，现在他妈的搬通县了。"他歪着脖子表示遗憾和无奈。

"北京人干中介的，少啊。"杨天乐说。

"北京户口啊，对于你们外地人来说，看着觉得特别有用。但是对于姆们来说，那他妈有什么用啊？就是张纸。是能当吃啊，还是能当喝啊？"胖子说，"又不能把户口租出去。您孩子要上学，我把户口租给您，一年给我三万五万的，那不成啊。我们不也得想办法吃饭吗？您说是不是这理儿？"

"所以，他就想了个办法，等于往外租户口。"小高对杨天乐说。

杨天乐恍然大悟。

"您说。人家来北京，家里有钱，但是呢，没资格买。是不是？外地人在北京买房，得他妈等五年，纳税啊、社保的，这五年还一天都不能断，断喽，就从头计算，这谁能等啊？五年，唉，房价能再翻个番儿，您信不信？"胖子说，"人家有钱，买不了，咱有资格，没钱。所以呢，咱这就是资源互换，强强联合，与人方便，与己方便。"

胖子接着说："咱是规矩人，有老婆有孩子，跟咱假结婚，人家也都踏实。我不可能说为了赚你这几万块钱，老婆孩子都不要了。你是谁啊你？天仙啊？我为了你那套破房，还跟你丫耗一辈子？不可能。咱这一行，也是有讲究的。"

"那您老婆知道您干这个吗？"杨天乐问。

"多新鲜呢？那能不知道吗？我们家等于一直是离婚状态啊。不能复，我才能跟别人结啊。"胖子说，"我这说是干中介，其实呢，还真就是等于出租户口。不用像他们似的，每天都得出去跑跑颠颠了。忒累。我呢，必须得进中介公司，这也相当于让人家客户放心。"

"上次新闻说中介跟一个七十岁的大妈结婚，那个您没看过吗？"

小高笑着问杨天乐。

"哦！"杨天乐拍了一下大腿。

"造谣啊。记者瞎编。绯闻啊，都是绯闻。我那上回结婚的，人家才六十六啊。"胖子笑着说，"人家给闺女买房，闺女马上要结婚，就跟我结一次。可怜天下父母心，知道吗？这是母爱，知道吗？"胖子用竹签子戳着桌子说。一桌人都笑。

胖子接着说："我还跟您说。开始的时候，我呢，自己心里头也有点那什么，疙疙瘩瘩的，但是后来我想通了。咱这不是违法乱纪啊，也不是偷不是抢啊。有人说，你们这是骗！我骗了吗？我们真上民政局登记啊。有人说，那你们这结婚就是为了买房，不是因为感情。那所有真结婚的你能保证都是因为感情，不是因为人家有房？你说不清楚！有的人，在车站码头扛大包，拼什么？体力，是吧？你们，白领儿，拼脑子，拼知识，拼学历，对不对？我呢？有什么？就这北京户口还算值俩钱儿，投胎带来的，这样用，不丢人。说真的，我这还算是做善事呢。要不然，人家手里那俩钱儿，现在够买房，等在北京纳税满五年了，资格有了，房价早他妈又蹿天上去了，哪辈子还能够得着啊？"

杨天乐和钱潇听了，点点头，也跟着笑。这些事，经过胖子的那一口京片子熨过一遍之后，好像都显得无足轻重，没什么需要大惊小怪。人们也不过都是为了活着，活得好一点，杨天乐想。外地人能买套房落脚，北京人能挣口饭养家。你又能用道德和黑白去衡量什么呢？杨天乐觉得，几个月之前自己梗着脖子嘲笑那些离婚买房的人，真是幼稚。

小高捡起一根竹签子，戳了戳几块快要熄灭的炭，有几粒火星冒上来。"所以，您说，您和姐现在遇到的这些，算什么事？"小高扭过脸说。

杨天乐点点头。他知道，这是他唯——次，或许也是最后一次距离在北京拥有一套房子如此之近。他觉得自己和房子像是从两个方向飞出的直线，在一个交点上偶然相遇，如果不在这个当口牢牢把它抓住，那两条线的轨迹将继续向着两个完全不同的地方延伸出去，从此再无相交的可能。杨天乐心里想着那两条渐行渐远的直线，觉得不寒而栗。

"行！我们想想，商量一下。"杨天乐对小高说，又扭头看看钱潇。钱潇点点头。

"哎，要不我来结账吧，也没让你们吃好。"杨天乐站起来要掏钱包，他觉得小高和胖子今天晚上这番话，有点让自己绝处逢生的意思。

"别别别，杨哥，您快回家商量正事，这儿您甭管。"小高把杨天乐推走。

他送杨天乐和钱潇到胡同口，拦了一辆车，拍拍杨天乐肩膀："有什么啊，不都是为了买套房子吗，不都为了活得好点吗？是不是？谁让这是北京啊……"他有点摇晃。

　　路上的车已经少了很多，人们都悠悠地开，不再焦急。偶尔有夜跑者从辅路上跑过，身上的反光片反射着汽车灯光，一闪一闪。钱潇和杨天乐坐在出租车后座上，各自望向不同的方向，一路无话。

31

　　杨天乐坐在沙发的一端，钱潇坐在另一端，两人之间好像隔着某些透明的障碍物。沉默了好一阵。"离婚！"杨天乐长出了一口气说，"你没什么意见吧？"

　　"行啊。"钱潇说。其实，钱潇心里不太舒服，但她没法说。她不久之前还嘲讽过杨天乐的不谙世事。每次从新闻上看到人们离婚买房的消息，杨天乐都是一副站在道德高地上冷嘲热讽的样子，钱潇就会敲打敲打他。但钱潇从来没想过自己真的会遇到这样的事。看着别人去做是一回事，轮到自己头上的感觉却完全不同。她不知道这是为什么，总感觉有点别扭和不开心，但又没有理由说不。她想说，在房子面前，婚姻就这么不堪一击吗？想想，这话好像杨天乐曾经说过，就又把话咽了回去。到底是怎么回事呢？她自己心里翻腾。刚才和杨天乐坐在烤串摊子前听到胖子讲那些故事时，她觉得为了买房子假离婚、假结婚的也真没什么，大家不过都是为了一个稳定的家。但一回到家，只剩两个人面对面，安静地想想，好像心里又有点疙瘩。这疙瘩的大小和买一套房子相比，又确实不值一提。所以，她只能坐在那儿，不说话。

"那就离。"杨天乐总结陈词似的扔下三个字。

第二天一早，杨天乐刚起床就看见中介黄英给自己发的一条消息："哥，幸福里您看的那套房子，业主最终没办离婚，但是也已经成交了。我再给您看看别的。"杨天乐愣了一会儿，回了一句"谢谢"。

32

　　自从决定离婚，好像一切又都突然变得顺遂了。

　　第二天傍晚，小高给杨天乐发了一套房源的链接，随后把电话打了过来。"杨哥，这套房子在你们幸福里，巧了，是我的一个老客户。这房子几年前从我这儿买的，后来往外租，也是经我帮忙租的，业主现在就直接找了我。赶紧来。"杨天乐直接赶过去，钱潇下了班也直接赶去和他会合。

　　房子有租户在住，不情愿地审视着他们在房子里转来转去。这几周看了那么多房子，对于这种眼光，杨天乐早已经习惯了，不再觉得不自在。他到处转转，从容地去厨房和卫生间，打开水龙头又关上，按下每一盏灯的开关。

　　一切都很好，唯一的缺点是房子在顶层，六楼。也是因为这个，比周围均价稍稍低一些。在此之前，钱潇一直不喜欢顶层，觉得夏天很热，冬天会冷，弄不好还会漏雨。但是，这一阵看了这么多，没有比这套房子更合适的，更何况自己手里的钱也真没办法支撑起挑挑拣拣。"顶层啊，就是。"杨天乐说了一嘴。

"顶层就顶层呗，热就开空调，怕漏雨的话，装修的时候再好好铺一下楼顶。"钱潇的语气有些欢快。杨天乐知道，她对这套房子也很满意。他们在客厅里比比画画，靠墙可以放一张饭桌，沙发摆在旁边。

杨天乐拉开客厅的推拉门，发现外面有一个小露台。"这个小露台不在房本面积上，算是送的。多好啊。"小高说。杨天乐背对着他，点了点头。小露台没封起来，房子一直出租，也就没人修缮，堆了一堆花盆和杂物，旁边的一摞纸箱有被雨水洇湿又晾干的痕迹，四周都起了皱。杨天乐站上露台看了看，发现护栏很矮，用手摇了摇，有点松动。他往后退了一步，凭栏远望，前面没有什么遮挡，一片开阔，竟然生出一丝豪迈。

透过雾霾能隐约看到 CBD 几栋巍峨的写字楼。最瘦高的一座，叫"中国尊"，北京最高的建筑。

杨天乐和钱潇决定定下这套房了。

之后，一切障碍好像都骤然消失，首付、贷款、额度，基本上都解决了，一了百了。杨天乐有一种突如其来的轻松。更何况房子竟然还在幸福里，一切都那么熟悉。兜兜转转之后，真的在幸福里遇到了一套能属于自己的房子。小高给房主打电话。之后，他们去了附近的门店等待。

小高低声嘱咐道："一会儿人来了，你们别说话，一切我来谈。别提还得办离婚的事。因为好多人都想买这个房子，你们要是办离婚，多少还需要几天时间，怕房主犹豫，交定金才妥。明白吗？"小高冲着他俩眨眨眼睛。

杨天乐和钱潇虔诚地点头，像愚民撞见大师。

杨天乐喝了一口水，电话响了，是小杜，最初带着他们看房子的、另一家公司的那个中介。"杨哥，一会儿方便看房吗？我这边有一套，特别合适。"小杜说。

"小杜，不好意思啊，我这边应该是定了，正在办。"杨天乐说，"多谢多谢，这一阵辛苦你啊。上次我们交了意向金的那套房子，房主也没消息吧？等我们买完，找时间跟你退意向金吧。"

"杨哥，您怎么不从我这儿走这套房呢？"

"房源不是你们家的啊。"

"杨哥，你从我这儿走这套房呗。"

"嗐，其实我从哪儿买都一样啊。你那儿没有，赶不上合适的，我没辙啊。"

"房子是在幸福里吗？几楼的？"

"对，幸福里的一居，六楼。"

"行。您挂了吧。"

电话挂断了。杨天乐拿着手机在手里转来转去，看看钱潇。他觉得对小杜有一点点歉意，即便知道这就是一场生意，而且运气的成分很大，但小杜毕竟对自己这一单一直很上心，到处帮着找房源。有两次，杨天乐自己在网上发现了刚刚挂牌的房源，给小杜打电话，都赶上他休息，他也没说什么，穿着运动裤就跑过来带着杨天乐看房。但是，没办法，歉意是歉意，生意归生意。

坐在一旁的小高抬抬下巴，问杨天乐："让您看房啊？"

"嗯，链家的。"

小高点点头。"他们没这套房源啊。"他像是自言自语地说。

过了十五分钟，房主还没出现。小高有点坐立不安，又打了个电话。"正在通话中呢。"他嘀咕。

突然，店面后方的办公室里冲出来一个人。一米八几的个子，身材很壮，粗声粗气地冲着小高喊："现在给我查，谁他妈把幸福里那业主电话泄露给链家的？赶紧查。"

杨天乐和钱潇都有点蒙。

"什么情况王总？"小高起身。

"你等会儿。"高个子男人看了眼手机，冲着小高摆摆手，扭身又冲回了屋里。

"这谁啊？"杨天乐问。

“我们这边片区经理。”小高心不在焉地应付了一声，开始和店面里的几个同事招呼，“赶紧查，看看什么情况。”

几个原本坐在前台的中介，各自抄起手机，四散在各个角落里，暗搓搓地发微信、打电话，鬼鬼祟祟的样子。三分钟之后，片区经理回到了前台：“就现在，隔壁中介的工作大群里刚发的消息，说谁把那套房子撬过去，从他家成交，当场给五千块钱奖金。”他举起右手，对着屋里的人伸出五个手指头，然后转头对小高说：“业主一直是你在跟，电话肯定是从我们这边漏出去的，把这单子办完，今天务必给我查出来。”

小高严肃地点头，然后突然蹿起来，向门口弹过去。杨天乐和钱潇扭头，看见一个中年男人进门，小高正在和他寒暄。“来，杨哥，我们进屋聊。”小高冲着杨天乐和钱潇歪歪脑袋。

刚进洽谈室，房主就问小高：“谁把我电话给链家的？这一路上一直给我打电话，就没断过，我挂都挂不了。”他端起纸杯喝了口水，接着说：“给我报价，说这房子从他们那儿走，三百万没问题，我问他们，三百万是现在就能签吗？他们说肯定能找得着买家，让我等等，说一会儿给我回电话。”

小高换上一副卑微的表情说：“李哥，是这样，我们经理刚才都急了，让我们查到底是谁给链家泄露的电话。您把您手机给我看一眼呗，我看看链家那边是谁。”

"不合适吧，这个……"

"您抽烟，您抽烟，我记个手机号就行。咱这么多年交情，您还不放心我。"小高从口袋里掏出一盒苏烟，扔过去，顺手抄起房主放在桌上的手机，出了房间。

小高的三个同事进屋，互相寒暄了几句，三五分钟之后，小高回来："手机我给您放包里啊。"他说着，把手机塞进房主挂在椅背上的背包里。

大家开始和杨天乐、钱潇谈房子的具体细节。签约过程倒是很顺利，对方也是想换房，孩子马上读小学，要换个大一点的房子，急着出手。杨天乐、钱潇一边签着各种合同，一边和房主拉拉杂杂说彼此的工作，咒骂一下房价涨幅，没话找话。定金交了十万。签字画押，一拍两散。

房主先走了。刚出门小高就长舒一口气，对杨天乐说："我拿了电话刚出这屋，链家的电话就顶进来了。我想着别真找着一个愿意出三百万的，就直接把电话给关机了。估计他得到家才能发现。"

杨天乐和钱潇都笑了："你还挺损的。"

"要不怎么小呢？"小高坐下来点了根烟，终于松懈下来的样子。

"哦对了，你结果记下来链家那边的电话号码了吗？"杨天乐好像突然想起了什么。

小高点点头。"怎么了？"他问。

"你给我看一眼。"杨天乐说。

小高把烟叼在嘴角，眯着眼睛，扭身从口袋里掏手机。他翻出那个电话号码，递给杨天乐。

杨天乐拿出自己的手机，点开呼入电话一栏，对比了一下小杜的手机号。然后，把两个手机同时递给钱潇看。

"怎么了？您认识这电话？"

杨天乐点点头。"就刚才我们坐外面等房主的时候，打电话过来的那个。一直帮我找房子来着。"

"哦。"小高点头。

"我没说门牌号啊，就说个楼层。"

"嘻，你没看我们 App 上，顶层的都写高层，一楼的都写低层，连具体几楼都不标吗？就是因为你一说楼层，大概都能问出来。就那么一点房源，我们都是吃这碗饭的，找个业主的电话，太简单了。"小高冲着杨天乐和钱潇说，"行了。您甭管了，定金反正都交完了，你们赶紧把离婚办了吧。现在就是交了定金，也得等网签完才算正式妥了。明白吗？抓紧抓紧。"

他们诺诺。

33

离婚需要户口本，离婚需要回老家，所以，这件事必须得让爸妈知道。没办法。好在渡城离北京不太远，每天都有火车班次，一个小时多一点的车程。杨天乐和钱潇只结过婚，没离过婚，他们并不清楚需要怎样的手续。钱潇上网查，发现答案五花八门，有人说需要预约时间，自己去排队没戏，有人说根本没必要预约，有人说需要自己提前拟定一份离婚协议，有人说，拟了也没用，到了人家会给你一份，让你签字……钱潇越看越乱，一生气关了网页。

她和杨天乐计划当天去办，当天就回，尽量少耽误工作，也别闹出动静。虽然大家都不觉得为了头房离婚有什么不好，但毕竟属于职场八卦的一份谈资，她不想成为谈资。不得已的是，她得弄清楚到底是怎样的流程，以免耽误时间。于是，她还是决定私下问问对面工位的尹慧。

之前一起吃饭的时候，尹慧聊起过想买"北京院子"的别墅，纠结了一小阵终于还是买了。买这套别墅的时候，尹慧办了离婚。不是因为没钱，而是没购房资格。由于北京层出不穷的限购政策，尹慧和她老公必须离婚，才能空出一个人的购房名额。这事，尹慧并没有瞒着钱潇和其他几个关系比较近的同事。离婚买别墅，好像可以适度炫耀。

　　钱潇觉得，她可以为自己在离婚流程的问题上指点一下迷津。午饭时，钱潇敲了敲隔壁的玻璃隔断，对尹慧说："走吧，我请你吃比萨。"尹慧乐呵呵地跟着走了。钱潇想找个离公司稍微远一点的地方说话。

　　点餐后，钱潇说："有个事想咨询一下，离婚都需要什么证件？什么程序？"尹慧正端着杯子喝柠檬水，水顺着下巴流下来。她满脸八卦地笑着问："真离还是买房？"

　　"买房。"钱潇笑着说。

　　"没劲。"尹慧又喝了口水，撇撇嘴笑。

　　尹慧摆出一副过来人的姿态给她讲了要带的证件及预约事项，七八句话也就说清了。然后两个人边吃边八卦。"你觉得你老公不是有什么别的想法吧？"尹慧一脸坏笑。钱潇没说话，低着头，拿叉子一下下戳着一角比萨。

　　"你前一阵离婚买房的时候，就没想过别的？比如……放不放心

179

之类的。"钱潇认真地问尹慧。

尹慧沉默了一会儿，吸了口气，说："要是说没有一丝一毫的想法呢，也是骗人。毕竟都是人，人心这个事，谁知道呢。但我觉得还是放心的。再说，'北京院子'是用我老公名字买的，之前我们家的两套房都过到我名下了。再退一步讲，他就算跟我怎样，还有儿子呢，他不管我，总得考虑他儿子吧？"说完，尹慧吞了一大口沙拉。

不知道为什么，听到最后这句话，钱潇脑子里突然出现了苏哥和梁姐的样子，他们在客厅里的那次争吵，后来让人震惊的事故，以及之后苏哥在幸福里楼下疯癫的模样……她喝了口水，把想法驱散。应付着说："嗯，我们俩其实还好吧。主要是因为穷，为了这么个小破房子，也不值得有什么想法。"两人都大笑起来。

钱潇看起来大大咧咧，对一切矫情的人和事都不屑一顾，但问题在于，有些时候是真的不屑一顾，有些时候是装作不屑一顾。比如对离婚买房这件事，她自己也没想到，亲自实践后，心理的关口竟然还有点障碍需要逾越。之前，她每次修正杨天乐的时候都那么头头是道，现在也终于轮到了自己犯嘀咕。

她也想要一所房子，也受够了不停地搬家，也想睡在自己的床上，而不是什么乱七八糟脏兮兮、到处都是可疑斑点的床垫上。她想做妈妈，她想养一只猫。不离婚就要算二套，二套首付就是凑不够，怎么凑都凑不够，而自己明明在北京就没有房子，怎么就变成了二套？她觉得堵心。要理顺这些问题，就得离婚。这逻辑清晰又直接，没有什么 B 计划可供选择，但是理性之外的那部分情感总让她觉得有什么地方别扭。她又不好意思直接对杨天乐说离婚买房这件事在价值观上让自己无法接受、觉得有失尊严，因为杨天乐每次表达类似的感受时，都被她奚落。她被卡在这种左右为难又无法言明的情绪中，只能想办法自己消化。

34

晚上下班，钱潇比杨天乐先到家。她给家里打了个电话，假模假式地嘘寒问暖一番，觉得到了不说不行的时候，故意轻描淡写地笑着说："妈，我们过两天可能回去一趟。得离个婚。"电话里沉默了几秒。"什么？"声音陡然提高。

"没事，假的，为了买房，要不没办法买。"钱潇语速很快。

即便老人经常看新闻，知道很多人纷纷为了买房离婚，等事情真的发生在自己家人身上，就明白和从电视上看到的完全是两个概念。

钱潇的妈妈不停地发微信、打电话，她爸爸还在电话旁边插嘴。钱潇不厌其烦，一次次解释自己这样做是没办法，真的只是为了买房，根本没有任何其他的原因，让他们不要多心。但老人们对于离婚这件事敏感得超乎寻常又讳莫如深。即便他们平时都表现得世俗又世故，对婚姻、爱情一类词汇极度地不屑，但真到这个时候，他们却表现出一种真实的惊悚。不知道是出于面子，还是别的什么，他们对于孩子要去办离婚这件事，恐慌到近乎崩溃。

钱潇的妈妈一着急说话声音就会很大，钱潇拿着手机默默地去了厨房。杨天乐还是听到了一句半句，"他到底怎么想的，你清楚不清楚？你是想买房，他到底是不是还有别的想法呢？买完就只能写他一个人的名字……"杨天乐叹了口气，摇摇头，起身想去厨房亲自和岳母讲，这时自己的手机响了。

"你们要离婚？"爸爸在电话里劈头盖脸地问，"钱潇他爸都给我打电话了。""嗯，对。要不首付不够。限购政策现在越来越严，咱总是吃亏的那个。"杨天乐本来就烦，现在更烦，他侧着脑袋夹着电话，从桌边够了一根烟，点着，"具体的我就不和您讲了，太累，讲完您也听不懂。"

"什么听不懂。不能离！"

"不能离，房子怎么办？"

"房子再想办法。"

"房子没有办法。"

"我们帮你去凑钱。"

"你们去哪儿凑钱？"

"这次买不了，过几年再买！"

"过几年？您有概念吗？还过几年，我告诉您，再过一年、一个月都再也买不起了！您根本不知道北京的房子是什么状况！别捣乱了行吗您？"杨天乐直接把电话挂了，扔到沙发上，皱着眉头赌气式似的抽烟。钱潇也从厨房出来，坐在沙发上，一副元气大伤的样子。

"过几年再买"，如果父亲没说这几个字，或许杨天乐还不会发那么大的脾气。他也不知道怎么突然就被这句敷衍的话点燃了。"过几年"，他不是没想过，或者说，他一直以来都是这么想的。

几年前因为种种原因没能买房子的时候，他都用这句话安慰自己："过几年再买。"然后过了几年，北京的房价涨出了六七倍。他最初给自己的理由是刚刚毕业，一切都来得及；后来，限购政策一点点落地，要求外地户籍的购房者连续纳税或社保满五年。那时候杨天乐换过一次工作，社保断了一个月，他觉得首付反正也不够，正好把这个限购政策当作了借口，心安理得地决定"过几年再买"；再后来，首付从两成变成了三成，又变成了三点五成。最后，房价彻底变成了对普通人的讪笑。

直到这一刻，和父亲通电话，发了脾气，杨天乐才意识到，这一次确实有点孤注一掷。他觉得再也不存在"过几年再买"这种事了，那不过都是自我欺骗的小把戏，廉价的自我安慰。他确切地知道，这一次如果买不到，或许一辈子都买不到了。不是耸人听闻。因为在可以预期的未来，房价只会比现在更高。自己薪水的涨幅连 CPI 都跑不赢，又怎么可能跟得上房价呢？他一次次地错过，如果这次再错过，将真的陷入绝望。所以，这一次无路可退。

"本来想到家再跟我爸妈说，直接拿了户口本去办离婚就得了。你爸给我爸打什么电话呢你说？"杨天乐冲着钱潇说。

"怪我是吗？"钱潇也没好气。

"现在贷款限制不是因为你之前动过贷款给你妈买房吗？要不然至于费这么大劲吗？"

"那是哪辈子的事了，又不是在北京，家里拆迁，他们俩那么大岁数贷不了款，我不管，难道让他们住马路上吗？说白了就是用一下我的名字，谁知道会影响到现在？"

"还有啊，跟你妈说，我就是为了买房，不为了别的什么。我还能有什么居心？"

"谁知道你有什么居心？最开始的时候比谁都鄙视假离婚买房，每次看见新闻上说起来都冷嘲热讽的，现在倒蹿得比谁都快，谁知道你为了什么。"

"你神经病吗钱潇？我他妈真想离婚还用等到今天吗？还用得着找这破理由吗？我买房不为了我俩吗？不为了以后能不用搬家吗？不为了以后有孩子稳定吗？不是现在四个老人每次打电话都催，那么大岁数了还不生孩子吗？不是你说的，生了住哪儿吗？你不是没

185

事就念叨现在连只猫都养不了吗？"杨天乐扭过头冲着钱潇嚷嚷。

"你再大点声！需要我给你找个麦克风吗？"钱潇瞪着杨天乐说，"行了，也不用假离，真离了省事！"

屋里静默下来，电视里播放着新闻，从主持人到被采访的市民，每个人都喜气洋洋。农民喜迎丰收，大学生纷纷创业，脸上毫无焦虑的神色。

钱潇拿起手机，气呼呼地去了卧室。杨天乐瘫在沙发上又点了一根烟，然后抄起遥控器把电视关了。

钱潇躺在床上刷朋友圈，她想安静一会儿。手机振动了一下，是条短信：我在北京还要待两天就回加拿大了，我们见个面吧？这是这个号码发来的第二条短信，上一条就在不久前，写着"我回国了"。收到第一条短信的时候，他们刚刚开始看房，两人靠在沙发上，互相抢手机看对方找到的房源。没标注姓名的号码尾号是0915，钱潇的生日。她不可能忘记那个号码，即使删除了通讯录里的名字。

钱潇早就把他忘了，或者说，故意不去想。多年以来，他像一段历史被封锁在过去，和现实不发生一点关系。可突然而至的一条短信让钱潇发现，历史永远影响着现在，无论你承不承认。钱潇不知道，如果换作平时，自己会不会回复这条短信，但是今天，她确实烦躁、气愤又郁闷，说不出来到底为什么，总觉得有一股说不出来由的委屈憋闷在胸口。

她回了短信:"好。"

"好啊,你微信号发我,我们微信说?"短信回复得迅猛。

钱潇回:"见面再说吧。"

他们定了在三里屯的一家酒吧见。正好,钱潇想喝酒。

她走到门口换鞋准备出门。杨天乐歪着身子问她:"你要去哪儿啊?"钱潇没说话。关门走了。

35

　　出租车拐上朝阳路一路往西，路过一家家浓烟滚滚的烤串摊子，人们在黄昏最后的一点光亮里大声聊天，周围是绵延不绝的房产中介的店铺。那些终日打着领带、穿着劣质西装的生物，有的懒怠，有的劲头十足，夹着烟，跨坐在电动车的后座上打着电话。

　　司机开了广播，声音断断续续地传到钱潇耳中，一男一女两个主持人在做作的钢琴背景音乐中谈论着"焦虑"的主题。他们不可避免地聊到了房子。

　　女主播问自己的搭档会不会离婚买房。男人自作聪明地贫了一会儿，说起自己最近读过的一篇文章——《能离婚买房的才是真爱》。他简单复述了其中几个离婚买房的故事，然后得出结论：问题出在政策而不是我们，为了家庭财产的增值不惜以离婚为代价，这是为家庭做出的最大贡献，这些夫妻可谓是"情比金坚"。"咱们这个时代能一起去离婚买房的，就是真爱。曾经有人说，我们的爱情难道需要一张结婚证去证明吗？现在，离婚买房的人真的做到了这一点，我们的爱情不需要那一纸证书去证明。"钱潇默默听着，把视线投向窗外。

车子行驶到东三环，写字楼像神像一般燃着昼夜不熄的灯火。"普华永道"四个暗红色大字镶嵌在一座高楼的楼顶，有一种稳健的傲慢。"祝愿天下所有为买房离婚的人终成眷属。"女主持人觉得自己抖了个不错的包袱。音乐被推上去，孙燕姿的轻盈嗓音飘荡在车里："阴天傍晚车窗外，未来有一个人在等待。向左向右向前看，爱要拐几个弯才来。我遇见谁，会有怎样的对白，我等的人，他在多远的未来，我听见风来自地铁和人海，我排着队，拿着爱的号码牌……"

三里屯 Village 的灯光在右手边闪烁。钱潇下了车，慢慢穿过一群看起来无忧无虑的年轻男女。她突然意识到一件事：几年前去逛街，总觉得商场里几乎所有人都比自己年长，包括店员，这一度让她压力挺大，觉得自己不过是个小孩，永远不被重视。而现在，突然似乎路上所有人都比自己年轻，这让她压力更大，因为自己仍是不被重视的那个。

过了红绿灯，钱潇看到了那个小小广场上竖着的牌子，觉得那么熟悉。凑近才发现原来是杨天乐公司不久前做活动时，他亲自盯着工人搭建起的公司 logo。在这个 logo 之下他接到了房东让腾房的电话。钱潇听杨天乐说起过。

　　她站在巨大的 logo 下，仰头向上看，隐约看见轻薄的云彩和堆积的灯火，看见明星在大银幕上奔跑的矫健身影，笑闹着撕掉对方身后的名牌，就像完成了一桩人生宏愿。她继续往前走，迎着一群又一群嬉闹的人，然后在路边站定，看到了前男友的身影。他就坐在那条窄街对面的酒吧里，多年未见，像从未离开。钱潇觉得他几乎哪儿都没变，但不知道哪里又显得完全不同。他无聊地刷着手机，时而看着屏幕笑笑，有人推门而入，他就下意识地抬头张望，然后怅然若失地低头。钱潇在阴影里站着，心事像天空的流云一样一件件飘过。

　　当年分手的时候，他突然悄无声息，除了那封邮件，再无音讯。那会儿，钱潇拼命想找到他，但无济于事。后来，她拼命想彻底抹除他，也一样无济于事。再之后，一切都回归日常。分手时，正值 SARS 肆虐，钱潇被关在校园里，整天躲在宿舍里哭，她不可能忘记。那时，杨天乐和她还只是普通同学的关系，帮她们寝室买一些东西，每周二隔着栅栏送进来。现在回过头想想，一切都奇妙得难以言说。

　　此刻，她只要走过那条五米宽的小路，推门走进那家酒吧，似乎就会进入另一个时空。她不知道自己会说些什么，也不知道之后会发生什么。她愣在阴影里。手机振了一下，前男友发来的短信："到哪儿了？"她才发现微信也有三条未读，都来自杨天乐，最后一条是:"对不起。我不想和你离婚,我只是想买一套房子,让你能养只猫。"

钱潇站在原地一动不动。一个三岁多的小姑娘揪着一只红色的气球,尖叫着从身边跑过,妈妈笑着在身后追逐,几个老外坐在户外咖啡桌上大声聊天,一对又一对情侣悠闲地漫步,身后咖啡馆里传出宋冬野的歌声:"我知道,那些夏天就像青春一样回不来,代替梦想的也只能是勉为其难。我知道,吹过的牛逼也会随青春一笑了之,让我困在城市里纪念你……让我再听一遍,最美的那一句,你回家了,我在等你呢……"

钱潇坐在出租车上,看着窗外的灯火从清晰变得模糊,渐渐连成一片,如同在雨幕之中。她低头抹眼睛,司机从后视镜里看了一眼,决定闭口不言。前男友还在穷追不舍地发短信,钱潇知道自己再也不会回复。她决定彻底消失,就如同当年他所做的那样。

"马上到家。"她回给杨天乐,然后把头靠在座椅靠背上,闭上了眼睛。

钱潇到家的时候,杨天乐正在刷碗。速冻饺子的包装袋斜插在小小的垃圾桶里。钱潇闻到了一种家常又真实的气味。杨天乐扭头冲钱潇笑了笑,张嘴想说句话,但什么都没说出来。钱潇走过去,从后面抱了他一下。换鞋进了房间。

过了一会儿,她走到杨天乐旁边,把手机举到他眼前。"这回行了，不离也得离了。"钱潇笑着说。杨天乐歪头看了一眼手机，上面写着：北京重磅限购政策再度加码升级，以家庭为单位，全国范围内使用过贷款，一律按二套房屋计算利率和首付比例。各银行严格执行，二套房首付提高至六成起。

36

距离北京那么近，渡城却截然不同。那里的生活像被慢放了一样，你没办法盼望这里的人生长出野心，也没办法盼望他们对此理解。这也是杨天乐深知自己永远也无法在故乡安身立命的原因。

他也曾坐在出租屋里，看着一个个搬家打包的纸箱，想起那一篇篇"逃离北上广"的文章。不是没动过回家的念头，可问题在于，哪儿又是家呢？如果北京不是家，那渡城更不是家。家，最起码得让你有归属感。自从长大，渡城就再也提供不了这种归属感。

逢年过节回家，杨天乐都觉得自己像个被移植的器官，到处经历着排异反应。故乡排异他，他也排异故乡。每次都盼望着能逃回北京。当站在朝阳路上，看着晚七点过街天桥下几乎一动不动的车流，每一辆车的尾灯连成恢宏的线索，他就会觉得踏实。这真奇怪，他想。到底眷恋北京什么呢？他说不出。这座城市有着无尽的机会和可能性，这些道理他比谁都清楚，可是和自己又有什么关系呢？

一年几千场的演出、话剧、演唱会，杨天乐几年也不会去看一次；那么多一线奢侈品牌，杨天乐一件都不会去买；那么多酒吧、夜店，除了答谢客户，他从来也不会涉足；那么多商机，那么多一夜暴富的传说，夜晚的酒吧门口到处都是轰鸣的玛莎拉蒂，可他不还是每天打卡上班，按时下班，赚着那点工资，到现在连买房都捉襟见肘吗？有时候他想，按照自己这种生活方式，回到老家应该也没什么不适应。但每次回去，现实都在冷酷地修正他。

到底是什么让一个人感到舒服或格格不入，他说不清楚。气质、精神状态，这些虚幻的词终究会被落实在一个个微不足道的细节里。然后，所有细节会被编织在一起产生某种曼妙的化学反应，让你清楚地知道，哪里是都会，哪里是小城。即便你和北京那些傲慢的豪车和高耸的写字楼毫无瓜葛，它们辐射出的某种能量仍会改变周遭很多东西。慢慢地，你就被笼罩在这种漫反射里。一旦熟悉了那种温度、气味和人们的眼神，就再也离不开了。如果说这是幻觉，那就算是幻觉吧，还有哪里能提供这样的幻觉呢？

回到老家的这一天，无论在杨天乐家还是钱潇家，吃饭时的气氛都很诡异，父母们唉声叹气，欲说还休。杨天乐和钱潇都不接茬，默默吃饭，哼哼哈哈，把电视音量尽量调大，想赶紧办完离婚手续，回北京拉倒。他们商量好，第二天凌晨就去民政局，无论如何也能赶上第一个了吧，赶紧办，办完直奔火车站。

凌晨五点半的民政局看起来很萧瑟。一座灰色的矮楼，委屈地驻扎在十字路口的东北角。

杨天乐和钱潇刚下车走上民政局的台阶，五六个人就不知从什么地方冒了出来。前面有四对夫妻在排队。杨天乐凑过去问，前面的一个人告诉他："你们是第十九个，也就是下午第九个。"杨天乐点头，扭头看看钱潇，发觉还是低估了对手。他们本来以为这里又不是上海，不会有那么疯狂的买房离婚潮。但是他们显然忘记了有多少年轻人从这座小城奔赴北京，如他们一样。更何况这座小城也和北京一样有着学区房的地域鄙视链。留下的人，也同样需要为了生活挣扎。

杨天乐绕到一边，发现墙上用透明胶贴着一张破破烂烂的纸，写着：结婚，左侧排队；离婚，右侧排队。离婚每天办理二十对。

他觉得好险，今天差一点就办不了了。杨天乐绕到队尾，看了看前面放着的一排小板凳，对钱潇说："我在这儿排着，你去找地方吃些东西吧？"钱潇摇摇头。这个季节的凌晨已经有了寒意，杨天乐和钱潇都耸着肩。

"不用，一会儿就有人过来卖吃的。"旁边的一个男人说。果然，过了三分钟，来了好几个人推着小车卖煎饼豆浆。大家纷纷买了吃。"你挺熟啊对这儿的情况？"杨天乐和那个男人搭话。"以前来过两次看看情况，前两天排了队发现东西没带齐，今天又来了。"对方半是无奈半是炫耀地说，接着又风轻云淡地补了一句，"你们在哪儿买的房子？""啊？北京。"

"我知道啊。在这儿排队的有一半都是在北京买房的。"对方笑着说，前面几个排队的都在笑，好像这句话是个充满内部梗的笑话。

"东边，朝阳。"

"哦哦，那还行。我们是给孩子买学区房，西城的，太他妈贵了。"

"多少钱一平米？"

"十万多一点吧。"

杨天乐若无其事地点点头，竭力压制心里的惊讶，暗想能在这儿排队离婚，也是有门槛的啊。他啃着一套煎饼，钱潇站在一旁喝豆浆。周围的人都拿着早餐说说笑笑，时不时互相喂一口。"一会儿你就是我前妻了。"有人这样开玩笑。周围其乐融融。

八点半了，排队的人陆续归队站成一列。杨天乐从没见过比这更规矩整齐的队伍，所有人的头顶都弥漫着一股自律又彼此监督的气息。他认真数了数，自己排在第十八个。他拍拍前面人的肩膀："我不是第十九个吗？"

"好像还有个大爷，排在第一个，没见着呢。"对方说。

杨天乐点点头。他向队伍前方张望了一下，看到第一个人身前放着一把钓鱼用的折叠椅。又过了十分钟，一个老人从马路对面走来。他瞥了一眼后面的人，径直走到第一位的位置，把折叠椅收起来，提在手里，静静地等。

"您几点来的？"杨天乐听见前面有人在问。"昨天下午五点。"大爷扭头说。队伍里一片赞叹之声。"您……也买房？还是给孩子买，还是怎么着啊？"

大爷慢慢转过身子，一字一顿："我——是——来——办——离——婚——的。"

大家这才意识到，大爷是真的要离婚。他是这支队伍里年纪最大、来得最早的一个，看起来应该是对于离婚这种事最在意的年纪，却成了所有人当中唯一一个真离婚的人。杨天乐和钱潇面面相觑。

"您要是真离婚，就甭跟我们在这儿捣乱了呗！"队尾突然有人大声喊。杨天乐扭头去看，发现队尾的一个小伙子一脸沮丧和愤怒。按照他排队的位置，今天肯定是离不了了。"谁捣乱，啊？谁捣乱？你们才捣乱呢！我这是真离婚，你们是吗？"大爷转过身子，大声回击。

"您真离婚，就网上预约呗，约到哪天哪天离呗。我们为了买房子多不容易，还得上班，还得请假的。您哪天离不行啊。"

"不会上网！我排队不行吗？排了多少次都被你们这帮假离婚的给挤出去了，我这次前一天下午五点就来，我看行不行？！"

队尾的几个人都气哼哼地摇头，杨天乐和其他前面排队的人都默不作声。大家明白，像老大爷这个年纪办离婚，按照常理，子女们是不会同意的，更不可能帮老人网上预约离婚号，大爷就只能一次次自己来排队。估计来了很多次，发现都被一群嘻嘻哈哈秀恩爱的年轻人霸占了离婚的名额，这一次实在忍无可忍，决定提前一天彻夜排队，没想到还被人奚落。

　　"是不是又觉得挺荒诞的？"钱潇小声问。

　　"没有。我现在觉得一点都不荒诞。这就是现实。"

　　"我觉得挺荒诞的。"钱潇说。

37

离婚一共用了十四分钟。

大厅里是办理结婚手续的地方，办理离婚的地方比较私密，单独辟出了一个房间。进门，屋子里有三个隔断，杨天乐和钱潇坐在其中一间隔断里。一个臃肿的中年妇女用复杂的眼神望向两个人，问："你叫杨天乐？"杨天乐点头。然后问："你叫钱潇？"钱潇说"嗯。""想好了吗？""想好了。"两人说。"把该签字的地方都签了，去那边。"妇女问了财产和婚后有无子女的情况之后，了无生气地指指门口的另一张桌子。他们前一天晚上还认真合计了一下，如果办理离婚的时候工作人员盘问情况，应该如何应对，如果非要调解，又该说些什么。结果到了这儿才发现，根本没人有工夫盘问，更没人费心思调解。想想也是，都是成年人，你盘问不着，也调解不了。

最后一项，缴费，六十九块钱，比结婚的成本多六十块。杨天乐拿着收据想，为什么离婚比结婚贵呢？离婚证也是红色的。这一点让人有点惊讶。电影、电视剧的桥段里，离婚证好像都是惨绿色。现在这样一来，显得有点喜气洋洋，倒是非常符合这一群假离婚的人的心态。

之前一起排队的人们差不多都办理完毕，笑容灿烂地互相打招呼，振奋和团结的气息弥漫在民政局的大厅里。保安带着一种见多识广的表情来回梭巡。人们笑容中有一种奔赴新生活的意气风发。房子和希望是捆绑发售的。

杨天乐和钱潇出门，看到排在第一位的那位大爷坐在入口处一侧的塑料椅子上，独自低头看着手里的离婚证发愣。杨天乐才想起来，直到现在也没见到大爷的老伴，估计是匆匆来过，又匆匆走了，在老人们心里，离婚毕竟不光彩。

他们打车奔赴派出所更改户口本的婚姻状态，这是房产中介千叮咛万嘱咐的事。派出所不用排队，办事大厅冷冷清清。杨天乐把户口本递上去，说明来意，户籍警透过高大的玻璃隔断看看他身后站着的钱潇，熟练地判断了形势，说："过一阵复婚，再更改婚姻状态的时候，务必带着以前的结婚证原件。咱得证明还是原配偶，明白不明白？记着啊。"然后迅猛地盖了章，把户口本扔了出来。杨天乐诺诺地点头，心想，看来每天来办这个业务的都是同道中人，弄得户籍警都熟悉了套路。

"前妻，你吃点什么？"在回北京的高铁上，杨天乐问钱潇。"不饿。""那我买个方便面吃。单身直男标配。"杨天乐在接热水的地方断断续续地冲泡好方便面，把叉子叉在盖子上密闭好，小心翼翼端着往座位走。口袋里的手机一直在振，搞得他很烦。坐下翻出手机，发现两个未接来电都来自中介小高。他回过去。

"杨哥，在哪儿啊？"

"这不回老家办离婚吗？马上回北京了。"旁边的乘客偷偷看了他一眼，又把目光缩回自己的手机屏幕。

"房主要毁约。"

"什么情况？"杨天乐陡然提高了调门。旁边的人又偷偷看了他一眼。他扭过头瞪回去。"来了再说吧。"对方说。杨天乐原本计划下车后直接回公司，现在觉得还是干脆再请半天假，他心烦意乱根本上不了班。

车到北京，钱潇直接换地铁赶往公司，月底一堆活等着干。她得加班。她让杨天乐随时报告情况，匆忙走了。杨天乐看着已经是自己前妻的钱潇的匆促背影很快就融入了慌乱的人流。

到了中介门店，杨天乐推门进去，小高不知道从哪儿钻了出来一把将他拽进旁边的签约室。"业主在旁边呢。您坐一会儿，我们正在做工作。"

"他们什么意思啊？"

小高大致给杨天乐讲述了一遍情况。房主卖房子是因为孩子长大了，这边房子小，觉得住着不方便。他们之前一直把这套出租，一家三口和岳父母住在一起，现在觉得应该为以后做打算，才想到了换房子。他们最初对现在的市场行情就有点低估，被中介撺掇着签了合同。这几天到处看了看，询了几次价，发现真的是每天一个价，限购政策又一次次加码。他们怕自己可能再也买不到房子，吓坏了，所以决定违约。屋外的对话从门缝里传进来："您违约得赔偿二十万，这是我们合同里写明的。"

"我们少赔点呗，反正双方也都没损失。"

"怎么能没损失呢？人家交给您定金是为了什么呢？您以为这合同就是张纸吗？那有法律效力啊。"杨天乐站在房间里，从半开着的门缝往外看。房主坐在那儿不说话，摇摇手，低着头，一脸痛苦。

杨天乐坐回椅子上，点了根烟，把烟灰弹到桌子上的纸杯里，杯子上印着一个硕大的"家"。杨天乐盯着那个字看了一会儿。门开了。小高走进来。"要加十万，我们砍到八万了。"小高说："情况是这样，如果咱要走法律程序，肯定没问题，但问题是时间咱耗不起，您说呢？"他点了根烟，斜坐在桌子上接着说："我们跟房主好说歹说，给他讲明白，越耗着，房价越贵，他越买不着，限购政策也一天一变，夜长梦多。我们让他赶紧把这套办完，同时抓紧给他找房子，一周内肯定给他找到可以交定金的，这才答应下来。"小高一副忍辱负重两头受气的样子。

"我问问我媳妇吧。"杨天乐把烟头扔进水杯里，刺啦一声灭了。

"好。您离婚办完了吧？"

"嗯。"

加钱就加钱。钱潇和杨天乐现在深刻地洞悉了一个真理，拿着房子等钱的都是爷，持币待购等房的都是孙子。挣扎是没有意义的，螳臂当车。杨天乐挂了电话向小高点点头，小高像弹簧一样蹦起来蹿出了门。杨天乐把胳膊抱在胸前，靠在椅背上，扭头透过落地窗向外看去。阳光很好，没风，车辆有序地驶过，上年纪的人在便道上悠闲地溜达，巡视着地摊上绿得可疑的翡翠和来路不明的香炉。人们各归其位，在生活的角落里安之若素。

杨天乐特别平静。他想，如果放在一个月前，遇到这样不讲道理的违约情况，自己肯定会气急败坏，想诉诸法律，或者干脆赌气不买了。但现在，他一点怨气都没有。真的，一点都没有。就像离婚时遇到年轻人奚落那个大爷，他真的一点都不再觉得荒诞。面对现实，承认现实，解决问题，这是他这段时间以来学会的最重要的事情。人的变化或许都是悄然而至的，并不会出现戏剧性的抵抗或者纠结，总是被某个东西不经意地一点点催化，等到事后，发现自己早就不再是当初的自己。

小高喜气洋洋地走进来，像完成了一桩大事，一边整理资料一边和杨天乐念叨："最近这段房子涨得太厉害，毁约的就很多，差不多十单就有一单要毁约，而且毁的基本都是卖家。人家赔一点钱，过一阵再卖，马上就能赚回来。我们也难做。"小高笑笑说："假离婚的，二十对里面就有一对变成真离婚，我们店就接待过。闹得乱七八糟。哎哟，别提了。您这个算很顺利啦。"

杨天乐和钱潇当天晚上去了一家日料店，点了一桌子菜，要了一打海胆，还有一瓶清酒。这是这段时间以来，他们最放松的时刻。一瓶清酒很快喝完，杨天乐觉得周围的一切都变得影影绰绰，微微抖动。餐厅的每个桌边都摆着一个小小的桌灯，昏黄，正好照见桌上的饭菜，又恰好把人的表情藏进阴影。人们都小声说话，慢慢酌饮。杨天乐看看周围，觉得无论是小小的餐厅，还是这座城市，都变得柔和，不知道是因为摄取了酒精还是因为自己拥有了房子。

第二天，小高给杨天乐打电话，问他们这所房子是自住还是继续出租。杨天乐说当然是自住。小高说那就需要他们和租户提前沟通一下，毕竟之后办理房产过户等等手续还需要一段时间，提前和租户说清楚，那段时间正好让他们找房、搬家。杨天乐那天的工作还挺忙，就和中介约定晚上下班后去新房子里一起见面再聊。

晚上，钱潇也一起去了。相比于和租户谈事，他们更多的是想再看一眼那所即将属于自己的房子。客厅里已经摆放着几个纸箱。小高通知了他们即将搬家的可能性，看起来，租户小两口对自己的处境也心知肚明，就如同杨天乐和钱潇之前所经历的一样。杨天乐他们进屋的时候，小两口正配合默契地缠绕胶带，把一些不常用的东西收进一个纸箱。茶几上还放着麻辣烫的餐盒。

杨天乐和钱潇看着他们，一切都像是自己的翻版。这个城市里有无数人像彼此的镜像一样生活着。杨天乐和中介签了一张和租房有关的补充条款，然后对那小两口说，房子过户最少还需要一个多月，他们不用太着急搬家。男孩客气、腼腆又勉强地笑了一下，说了声谢谢。

钱潇问小高接下来要走哪些程序，小高一一给她讲解，杨天乐推开门，走上了那个小小的露台。

夜色将至，小区里的路灯一点点亮起来，天空一片墨蓝。从这里可以远远看到耸立的央视大楼，还有那栋挺拔的中国尊。中国尊楼顶上有几座塔吊，像斜插在上面的玩具。它孤傲地伫立在北京的商业中心，有如这座城市的定海神针。

杨天乐在露台上远远地望着那一切，第一次觉得自己和这座城市的关系如此真实可信。他兜兜转转真的在幸福里买下了一套房子，在北京拥有了一个固定的住所。他再也不需要搬家，再也不需要看房东充满审视的脸色，他和钱潇可以大大方方地养一只猫，也可以计划要一个宝宝，不用再和父母为此吵嘴。他第一次盼望着今年赶快过春节，盼望着见到那些他厌恶的七大姑八大姨，盼望着主动和她们用世故的语气聊聊北京的房价，然后装作不经意地说：哦，我幸亏刚刚买完……

他觉得自己终于变成熟了，不再用孩子式的黑白对错去判断周遭，而懂得因时就势，接纳了离婚买房，也终于成功地赶上了这趟班车。在这场和生活的短兵相接之中，他总算拿下了一个小小的回合——在惨败了多年之后。

杨天乐想着这些，微笑着回头，想叫钱潇过来一起看看这里的风景。他扭过头却发现小高和钱潇隔着玻璃隔断门看着他，神情悲怆。杨天乐皱了皱眉，有点疑惑，他本能地知道好像有什么事情正在发生，或许将会把自己刚刚变得像样的生活重新毁成碎片。他从没见过钱潇的那种表情，一种如同处于深度极寒中的恐惧、无措和绝望，即便她在努力克制。

血液冲到耳膜里，心脏顶在胸腔下，他都能感觉得到。"别，别，千万别是房子的事。千万别，千万，别，千万，千万。"杨天乐在心里对自己说。他的大脑、心脏、神经、血液和四肢似乎无法被一个整体的系统连接。

小高往前走了一步，把门拉开，一副不知如何开口的样子，说："杨哥。有个新政策。刚刚落地的……呃……离婚不满一年的，一律按照二套房计算。咱这个房子还没网签，您……离婚也没用了……"

0

　　杨天乐觉得一切都开始旋转。

　　他伸出了手，想朝着钱潇的方向走过去。他明明看见钱潇也向自己张开双臂，却觉得彼此相隔越来越远，他拼命想向前迈步，却无法操控身体，就像传动链条始终挂不上齿轮的凹槽。寒意从胸口向下流窜，渐渐在双腿冷凝，像踩进云中，像踏进虚空，他知道自己在向后踉跄，他不想在旁人面前如此狼狈，但又无计可施，直到腰椎顶撞到露台围栏，栏杆发出低声嗡鸣，让他感到了一丝得以依靠的踏实。他回头向下望去，望见一片灰茫，昏黄路灯在遥远深处，一种难以名状的情绪和欲望在大脑中翻腾，解脱与恐惧同时袭来，他本能地张开双臂抓紧栏杆，渐渐稳住，栏杆长满铁锈，粗糙锋利，扎进手掌，刺痛让他慢慢还魂。他回过头，倚着围栏缓缓坐到地上，血液击打鼓膜，屏蔽周遭声响。

他想到了一切，也忘记了一切。所有碎片在他头脑中同时涌现，工作，北京，钱，父母的脸，首付两成、三成、六成，搬家，房东，猫，小广告，人群，地铁，雾霾和风……这些毫无关联又莫名其妙的片段像烟花般炸裂，然后消失不见。

先是自己的呼吸，然后是心跳，渐渐能听到外界的声音由远而近传来，似乎有人在叫自己的名字："天乐？天乐！"他抬起头，看见了钱潇的脸，像混沌中的裂隙，像浓雾里的微光。

后记

写出一个小小切片

我们是没有参照系的一代。父辈的经验已经全然失效，而我们也不知道未来到底会如何展开。数不清的年轻人从各地奔赴北上广，怀揣大梦，却困于生活，面对高企的房价，不知所措，每天挤地铁，叫外卖，吞下一剂又一剂自制的精神安慰剂，让自己凝视当下，不问来路也不想前途，似乎只有这样才能缓解一切焦虑。

焦虑终日弥漫在我们四周，但它一直停留于微博、朋友圈和饭桌上酒后的牢骚，未曾被严肃对待和系统叙述。或许，相较于上一辈与历史、政治等宏大议题相缠绕的苦难而言，我们这一辈流于生活和生存层面的焦虑都显得不值一提，至少在一些人看来就是如此。但真的是这样吗？

很久以来，我发现了一件有趣的事，很少有作家愿意书写我们这些外省青年在北上广的真实生活，我希望能看到那种正面强攻的、深入细部的、毫不避讳的、不加修饰的叙述，以此展开那些潜藏于标语、广告、宏大概念和璀璨灯火之下的，属于每一个人的带着温度、气味和毛边的真实生活。但能读到的并不太多。上一辈作家无法完成这些，是因为他们的经验仍系于乡土，都市于他们而言，是生活场景，而难以变成文学场景，而我的同辈作者们，似乎也不太乐于叙述这一切，他们要么回到故乡小城的记忆，要么进入某种对于繁华都市的概念化想象。我们真实的生活被悬置了。有时，我们是不知道该如何下笔，因为毕竟我们还身处这热气腾腾的生活现实之中，当一切焦虑还是现实而未能作为经验被省察的时候，确实难以拿捏，而有时，或许是因为我们自己故意避而不见，我们不想再度用文字重新面对那些焦虑。

我决定试一试。即便我也不知道该如何稳妥又恰当地处理扑面而来的细节。但我知道，至少我能保证那些细节的真实与鲜活。对于这些飘荡在北京苍穹下的外省青年，最令人焦虑的事情，或许都围绕着房子。在北京，我租过房子，也买过房子，做过房客，也当过房东，我知道其中所有况味。我觉得应该把它写下来，像目击，像记录，多年以后，人们回头去看，或许会觉得荒诞，或许会觉得怆然，但无论怎样，这都是这个时代的切片。

所以，我想试着用一种不那么文学的方式处理这些素材，不玩弄结构，不在意技巧，就像给旁人讲述自己或者某个朋友的真实生活那样去写这个故事。我不希望它能被文学地分析，更希望有人在读后暗自疑惑，这写的到底是不是我？我希望能让那些阅读的人在故事中意外撞见自己。

这本小说的写作过程并不漫长，但写作的时候让我想起很多事，我需要感谢很多人，比如曹老师，从某种程度上说，没有您就没有这本书；感谢我的太太，我知道和大多数人相比，我有多么奇怪，谢谢你一直以来的包容，我知道你付出的一切，没有你，我不会是现在的样子。

杨时旸

二〇一八年冬春之交

图书在版编目（CIP）数据

杨天乐买房记 / 杨时旸著 . -- 成都：四川文艺出
版社 , 2018.10
ISBN 978-7-5411-5148-4

Ⅰ . ①杨… Ⅱ . ①杨… Ⅲ . ①长篇小说－中国－当代
Ⅳ . ① I247.5

中国版本图书馆 CIP 数据核字 (2018) 第 202297 号

YANG TIANLE MAI FANG JI

杨天乐买房记

杨时旸 著

责任编辑　王筠竹
责任校对　汪　平
特邀编辑　侯晓琼　薛茹月
装帧设计　李照祥
内文制作　杨兴艳

出　　版　四川文艺出版社（成都市槐树街 2 号）
网　　址　www.scwys.com
电　　话　028 － 86259303（编辑部）
传　　真　028 － 86259306
发　　行　新经典发行有限公司
　　　　　电话 (010) 68423599　邮箱 editor@readinglife.com

邮购地址　成都市槐树街 2 号四川文艺出版社邮购部　610031
印　　刷　北京天宇万达印刷有限公司
成品尺寸　150mm×210mm　1/32
印　　张　6.75
字　　数　130 千
版　　次　2018 年 10 月第 1 版
印　　次　2018 年 10 月第 1 次印刷
书　　号　ISBN 978-7-5411-5148-4
定　　价　39.00 元